La Demande de Bridget

Roman Mystère Surprenant et Domination Érotique

Erika Sanders

ERIKA SANDERS

La Demande de Bridget:
Roman Mystère Surprenant et Domination Érotique

Erika Sanders
Série
Collection de domination érotique

Synopsis

Bridget, une belle mannequin de haut niveau, est obsédée par un magnat de l'industrie d'origine italienne nommé Leonardo, qui est également son ami.

Celui-ci, et à sa grande surprise, a un contrat préparé pour qu'elle puisse faire partie de son entreprise de télévision.

Mais elle lui demande une commission pour accepter ce contrat.

De quel ordre s'agit-il? Pourquoi Bridget est-elle si nerveuse des conséquences de cette affectation?

La demande de Bridget est un roman à fort contenu érotique BDSM et, à son tour, un nouveau roman appartenant à la collection Erotic Domination, une série de romans à forte teneur en BDSM romantique et érotique.

(Tous les personnages ont 18 ans ou plus)

Remarque sur l'auteure

Erika Sanders est une écrivaine de renommée internationale, traduite dans plus de vingt langues, qui signe ses écrits les plus érotiques, loin de sa prose habituelle, de son nom de jeune fille.

Indice:

LA DEMANDE DE BRIDGET
ERIKA SANDERS

1.

La pièce était silencieuse, éclairée uniquement par la lampe de table allumée qui brillait de son faisceau d'un côté, à côté de Bridget.

Son corps nu s'agenouilla sur le lit avec ses longs cheveux bruns tombant sur ses épaules et son dos, sa tête penchée vers l'avant, loin de la lumière.

Puis la musique a commencé, un rythme lent et doux au début, devenant de plus en plus fort avec elle, sa tête a commencé à se lever au rythme du rythme.

Puis la musique vint à un crescendo et Bridget secoua la tête, rejetant le voile de cheveux doux de son visage.

Une pause silencieuse et la lumière illumina ses traits.

Les yeux délicatement fermés, ses lèvres roses entrouvertes.

Son visage était une vision de calme et de tranquillité.

La musique recommença, une harmonie de cordes alors que ses mains gantées de dentelle glissaient le long de ses épaules et sur ses seins, les doigts écartés et détendus, glissant lentement sur chaque monticule doux de sa peau douce.

Ses doigts agrippèrent sa chair rosée et caressèrent ses seins avec une douce prise.

Bridget ouvrit de grands yeux, révélant ses orbes bleu saphir et reflétant la lueur de la lumière en eux.

Ses lèvres s'ouvrirent et sa langue commença à se lécher doucement comme si elle les testait.

Son esprit était tourné vers la musique, créant un mantra pour ses pensées profondes et son imagination sauvage alors que chaque pouce et chaque doigt tenaient ses mamelons fermes.

J'étais excité et excité par la musique.

Elle se mit à gémir, un léger gémissement de satisfaction alors que son pouce et ses doigts commençaient à tirer sur la chair raide de ses boutons rose foncé.

Des frissons parcouraient sa colonne vertébrale et semblaient voyager vers une destination dans son aine, envoyant des vagues de plaisir à travers tous les nerfs et tendons de son corps.

Il relâcha une main de ses mamelons et la fit glisser vers le bas, touchant doucement son nombril jusqu'à ce qu'il atteigne le monticule de poils pubiens parfaitement taillés.

L'autre main remonta dans sa gorge fine.

Avec un doigt entrelacé tendu, il toucha ses lèvres et sa langue et suça dessus, fermant les yeux une fois de plus en extase avec la musique dansant dans sa tête.

Ses sens s'illuminèrent alors que son doigt ganté se frayait un chemin à travers les plis humides de sa peau vaginale, explorant les pétales délicats des lèvres et atteignant sa cible.

Avec deux autres doigts, elle écarta ses lèvres vaginales roses, ouvrit son vagin, et commença à caresser le petit gonflement sans capuche de son clitoris, bougeant doucement, respirant sauvagement et hurlant comme si elle regrettait, en harmonie avec la musique qui l'entourait.

Bridget retint son souffle quand la musique s'arrêta.

Ses yeux s'écarquillèrent et à ce moment précis, les deux mains se crispèrent sur son aine, sentant la poussée de chaleur alors qu'elle se libérait.

Elle avait atteint le plus haut sommet de son orgasme et son corps se raidit et trembla pendant quelques secondes jusqu'à ce qu'elle se détende, relâchant son souffle et captant le doux rythme de la musique.

Elle regarda ses seins, fermes et légèrement rougis par la tension de son orgasme.

Ses tétons dépassaient comme de petites tiges, pointant vers l'extérieur et sentant la fraîcheur de l'air.

Lentement avec la musique, il commença à respirer à un rythme normal, ressentant l'harmonie relaxante autour de lui.

Lentement, il retira ses deux mains de son aine et sentit l'humidité de son nectar sur ses doigts gantés de blanc.

La musique se termina et Bridget se pencha en arrière.

Reposant sa tête sur l'oreiller de soie blanc perle.

Elle sourit à elle-même et leva les genoux et avec ses bras posés sur sa tête dans une mer de cheveux bruns doux, elle rit.

***

Après une douche, Bridget se couvrit d'une serviette et retourna dans sa chambre.

La caméra vidéo était toujours montée dans le coin de la pièce au-dessus de la commode et avec elle, il avait enregistré sa performance solitaire d'avant.

Quelque chose qu'elle voulait faire sans raison apparente.

Un caprice, un fantasme et rien d'autre, pour se capturer en train d'avoir un orgasme avec son morceau classique préféré de la musique Strauss.

C'était devenu quelque chose qu'il avait perfectionné ces derniers mois.

Bridget se fondait dans la musique, comme si elle lui faisait l'amour.

Esprit et corps en union sexuelle et harmonieuse avec la musique elle-même.

Elle s'assit devant la commode.

Elle se pencha en avant et écarta ses cheveux mouillés pour regarder son propre visage dans le miroir.

Ce dont elle était la plus fière était sa beauté stupéfiante.

Elle était profondément amoureuse d'elle-même, vanité incomparable.

Mais une chose qu'il lui a donnée était le respect.

Elle se respectait et son intelligence lui disait que c'était bon et naturel.

Au moins, c'était quelqu'un de spécial et sûr d'elle-même.

Sa vie de mannequin avait porté ses fruits et elle pouvait faire presque tout ce qu'elle voulait.

Bridget n'avait pas besoin de maquillage, elle avait une beauté naturelle.

Mais les cosmétiques l'ont simplement améliorée et l'ont présentée de telle manière qu'ils la faisaient se démarquer, faisant tourner la tête, dans leur sillage, émerveillées et suscitaient l'envie d'autres personnes.

Mais alors c'était sa vie maintenant et elle avait tout ce qu'elle voulait vraiment.

Les rêves d'histoires d'enfance de son enfance étaient devenus réalité.

Après avoir appliqué son brillant à lèvres, elle fit la moue et sourit.

"Mon Dieu, tu es si sexy," murmura-t-il à son propre reflet.

Puis elle s'assit et tira la serviette autour d'elle, révélant ses seins fermes, pour les regarder avec admiration.

Ils étaient parfaitement formés et égaux, le ton de la viande équilibré entre le mamelon et le halo.

Elle se leva et se retourna, la forme de ses hanches, la finesse de son ventre, la ligne lisse de ses fesses et de ses cuisses étaient ce que tous les modèles pouvaient souhaiter.

Et elle n'avait rien fait pour y parvenir mais pour respecter son propre naturel.

* * *

Cette nuit-là, elle est arrivée au restaurant dans une robe de créateur bleue chère qui révélait ses formes.

Ses cheveux étaient attachés avec un ruban de soie blanche et elle a été accueillie par le personnel à l'entrée qui l'a conduite à son hôte.

Son parfum de jasmin flottait dans chaque narine de chaque personne qu'il croisait alors qu'il le suivait à travers les clients assis à leur table.

Leonardo se leva et tendit la main pour recevoir la sienne.

Il l'embrassa doucement et elle remarqua son magnifique et beau physique.

Il était tout ce qu'elle avait espéré.

Cheveux foncés et yeux latins romantiques sombres.

Un sourire qui disait tout ce qu'elle voulait entendre sans que les mots soient prononcés.

"Je suis si heureux que vous ayez pu être ici ce soir. Vous êtes magnifique," dit-il. Le maître d'hôtel a enlevé la chaise pour qu'elle s'assoie. "Je pensais que tu n'arriverais jamais ici."

"Merci, désolé, je suis si tard."

"Il n'est pas nécessaire de s'excuser. Au moins maintenant vous êtes ici."

Le serveur a servi le vin pour les deux à examiner et approuvé, lui permettant de remplir leurs verres.

Bridget était plus intéressée par son hôte et elle regarda ses traits immaculés lorsque le serveur prit sa commande.

Leonardo n'était pas seulement important pour elle pour ce qu'il pouvait aider dans sa carrière, mais c'était aussi quelqu'un dont elle rêvait, un homme sur lequel elle fantasmait assez souvent.

Maintenant, il était de l'autre côté de la table en personne.

Même si elle avait deux fois son âge, Bridget trouvait cela très intéressant et excitant.

Elle avait toujours été attirée par les hommes plus âgés, en particulier les charismatiques, comme lui.

Après tout, Leonardo était également célèbre.

Elle savait tout sur lui, avait appris sa vie à travers des reportages et des magazines, et avait étudié son travail en profondeur.

"Je suis très surpris", a-t-il dit, "Vous avez rejeté de nombreux contrats de films. Pourquoi?"

Bridget posa son visage sur sa main et sourit, se penchant vers lui.

"Simple. Je ne suis pas une actrice et je n'ai jamais aspiré à l'être ou à l'être."

"Je vois. Donc tu n'es pas comme les autres."

"Les autres?"

"Oui, d'autres. Supermodels. Ils ont l'ambition de devenir célèbres au cinéma. Bien sûr, tous n'ont pas ce qu'il faut."

"Moi non plus."

"Mais comment le savez-vous?"

"Agir pour moi est un art qui demande une certaine compétence pour acquérir un certain personnage. Je n'ai jamais été bon dans ce domaine. Les modèles que vous mentionnez n'agissent pas toujours comme tels. Ils ont juste l'air bien devant la caméra. Et je le fais déjà aussi, mais seulement comme modèle ".

Leonardo éclata de rire. "Ils m'ont déjà prévenu à ce sujet."

"À propos de?"

"Votre esprit intelligent et votre obstination."

"Vraiment. Et que disent-ils d'autre de moi?"

"Que tu es belle et hypnotique et très, très charmante".

Sa nourriture est arrivée.

Ils étaient des clients importants et spéciaux.

L'élite du monde de la mode comme beaucoup d'autres qui ont utilisé ce restaurant.

Et en silence, ils ont mangé et bu du vin avec la musique douce en arrière-plan.

«Chopin,» dit-elle.

"Pardon?"

"Musique. C'est Chopin".

"Ahhh! Oui, je l'entends. Tu aimes Chopin?"

"J'aime toute la musique classique et moderne. Mon père était chef d'orchestre et compositeur à part entière. J'ai grandi avec ça. La musique fait partie de ma vie."

«C'est quelque chose que je ne savais pas.

Bridget le regarda et sourit: "Eh bien, maintenant je le fais."

Ayant terminé, Leonardo a trouvé un moyen de discuter de la raison de leur rencontre.

Il lui a expliqué son souhait de l'avoir dans l'un de ses projets publicitaires. "Ne pas agir exactement comme tu le dis," dit-il dans une note pour expliquer. "Vous allez faire du mannequinat, mais vendre le produit comme dans les films. Un nouvel horizon à explorer peut-être?"

Le serveur s'approcha pour reconstituer ses verres à vin vides.

Bridget couvrit la sienne d'une main, indiquant qu'elle n'en voulait plus.

«Le vin n'est-il pas à votre goût, madame?

"C'était merveilleux, mais j'en ai assez pour aujourd'hui, merci."

Léonard la regarda, puis le serveur, et d'un geste de la tête, le congédia avec la bouteille de vin.

"Tu préfères aller ailleurs?" Demanda Leonardo.

"Une boîte de nuit?"

«En avez-vous une à laquelle vous aimez aller?

Bridget le regarda.

Il avait une certaine place en tête qui était très audacieuse.

Un endroit qu'il aimait visiter, mais qui n'était pas très connu.

Et elle savait que Leonardo n'aurait jamais été là, et elle voulait le voir là-bas.

*　*　*

Leur voiture privée allait les conduire à travers la ville, à travers les rues animées, éclairées par des enseignes au néon.

Leonardo était un étranger ici et loin de sa maison italienne natale à Florence.

"Est-ce que cette discothèque est ton endroit préféré?" Demanda Leonardo.

Ses yeux la regardaient avec admiration alors qu'il était assis à côté d'elle dans la voiture.

Elle savait qu'il la voulait, et il voulait enlever chaque couche de ses vêtements et sentir sa peau nue au bout de ses doigts.

Elle s'était habituée aux hommes comme lui et à ses intentions.

"Oui. Tu pourrais dire ça."

"Et nos affaires? Et ma proposition?"

"Tu sauras quand j'aurai décidé," répondit-elle avec un sourire, le regardant du coin des yeux alors qu'elle sentait son regard sur elle. "Après on s'est un peu amusé, bien sûr."

Leonardo était ravi.

Elle pouvait faire tout ce qu'elle voulait avec lui.

Et tout signifiait tout dans sa façon de penser.

La voiture s'est arrêtée devant une boîte de nuit d'un côté d'une rue isolée.

Leonardo est sorti et a offert sa main.

Il regarda les portes closes qui n'indiquaient pas où elles se trouvaient, mais seulement qu'elles faisaient partie de l'établissement où elles allaient.

«Nous vous appellerons lorsque nous aurons besoin de vous», a-t-il dit au chauffeur.

À ce moment, la voiture repart et se dirige vers la rue principale, les laissant seuls.

C'était une entrée latérale et Bridget se dirigea vers les portes, frappant trois fois, tandis que Leonardo se tenait derrière elle pour regarder.

Le judas s'est ouvert et elle a dit à la personne à l'intérieur qui elle était.

Les portes s'ouvrirent et un nain apparut dans le cadre.

Silencieusement, il s'inclina et leur permit d'entrer tous les deux.

«Merci, Thomas,» lui dit-elle.

«Passez un bon après-midi, madame,» répondit Thomas avec un sourire qui se répandit sur son visage d'une oreille à l'autre.

2.

Leonardo était curieux.

«Ne sommes-nous pas assez bons pour entrer par l'entrée principale? Elle a demandé en regardant Thomas.

Le nain verrouilla les portes et mena le chemin dans un couloir faiblement éclairé, mais juste assez large pour qu'ils aient à marcher en file indienne.

"Je dois dire que c'est très mystérieux."

Le son des talons de Bridget résonna, noyant la musique de danse venant du club.

"J'aime les mystères." Répondit Bridget.

Leonardo la suivit, observant le mouvement de ses hanches alors qu'elle suivait le nain à travers une seule porte capitonnée.

Il les conduisit dans un escalier en colimaçon, qui les conduisit aux entrailles des locaux.

Au fond, ils allèrent entrer dans une autre pièce par des portes, que Thomas ouvrit, mais il n'y entra pas.

"Merci Thomas".

Une fois de plus, il s'inclina, leur permettant d'entrer avec le même sourire inchangé sur son visage.

Leonardo regarda autour de lui.

Le spectacle qui rencontra son regard l'étonna.

Il y avait plusieurs tables dressées et chacune avait deux personnes assises aux chandelles.

Il y avait des hommes avec des hommes et des femmes avec des femmes et les paires habituelles d'hommes et de femmes.

Bridget conduisit Leonardo à une table vide et ils s'assirent.

"Alors c'est une discothèque privée?" Je demande.

"Oui. Très privé."

La musique de jazz lente jouait doucement et tout le monde semblait regarder et chuchoter sur le couple qui venait d'arriver sur les lieux.

Leonardo hocha poliment la tête pour les salutations, souriant à certains d'entre eux et pendant que les couples faisaient de même.

"C'est tellement ennuyeux. Vas-tu remonter le moral bientôt?" Je demande.

"Oh oui. Ça le sera, très bientôt." Répondit Bridget en souriant à son invité.

"Alors ton père était musicien? Tu dis oui. N'est-il plus avec nous?"

"Il est mort quand j'avais quinze ans." Bridget posa ses bras sur la table et son esprit vagabonda momentanément, pensant à un autre homme de sa vie qu'elle admirait autrefois. "C'était un très bon musicien, mais pas aussi célèbre que certains autres."

"Je vois. Je suis désolé d'entendre ça."

"Ce n'est pas bien."

Léonard se tourna rapidement pour poser son regard sur la serveuse qui était arrivée à sa table.

Elle était grande, les cheveux blonds tirés en arrière et avec seulement un string noir dans toute sa garde-robe.

Ses yeux se posèrent sur ses seins pleins, les aréoles rose foncé et ses tétons colorés de la même couleur que son rouge à lèvres.

«Souhaitez-vous quelque chose, monsieur, madame?

"Oui. Je pense que ton meilleur champagne irait bien maintenant."

"Non monsieur. Je parlais de moi" répondit la serveuse.

Leonardo se retourna vers Bridget qui souriait de nouveau.

Elle étudia l'expression de surprise sur son visage et attendit qu'il dise quelque chose.

"Qu'est ce que c'est?"

"Elle veut savoir ce que tu veux d'elle"

"Sa?"

"Oui. Son corps et ses affections peut-être?"

"Mais, Bridget, je ne comprends pas"

«Allez, Leonardo, je pense que tu comprends ce qu'elle veut dire. Quel est ton nom? Bridget a demandé à la serveuse.

Jacky madame.

"Et bien Jacky, je pense que Leonardo aimerait que tu enlèves ton string avant toute autre chose."

Jacky glissa lentement le string le long de ses cuisses et se pencha en avant pour le retirer.

"Silencieux!" Ordonna Bridget. "Reste comme ça, tourne-toi et laisse Leonardo te regarder par derrière."

"Ce n'est pas ce à quoi je m'attendais dans une boîte de nuit." Leonardo éclata de rire.

Jacky se retourna, ses fesses devant lui alors que ses yeux se fixaient sur le pli partiellement ouvert de son vagin, lui donnant un aperçu de ses lèvres, pliées comme des pétales et entourées d'un fin nid de poils pubiens blond foncé.

"Vous êtes concentré." Dit Bridget. Et il en va de même pour tous les autres présents dans la salle. Ses yeux se fixèrent sur ceux de Léonard, sans expression et silencieux. "Tu aimes ce que tu vois?"

"Je ne sais pas de quoi il s'agit."

"C'est à propos de toi et Jacky. Qu'est-ce que tu voudrais lui faire?"

Leonardo rit, cette fois avec une pointe de nervosité.

«Je peux penser à beaucoup de choses que j'aimerais lui faire. Ce qui est plus important, c'est ce qu'elle me fait maintenant.

«Et qu'est-ce que ce serait? Demanda Bridget.

"Eh bien ..." Une fois de plus, elle attendit sa réponse. "Est-ce une sorte de truc?"

"Pourquoi serait-ce? Jacky, levez-vous et montrez à Leonardo quelle est votre spécialité."

Jacky le fit tourner doucement et s'agenouilla entre ses cuisses ouvertes, le regardant en face.

Elle a commencé à desserrer sa veste puis à ouvrir les boutons de son pantalon.

Leonardo resta immobile, passant alternativement son regard entre Bridget et ensuite ce que faisait Jacky.

Lentement et doucement, elle mit sa main en lui et il la sentit toucher sa queue.

Il était encore inerte mais ses actions ont vite commencé à changer cela.

Les personnes présentes ne pouvaient voir Jacky qu'avec sa main dans son pantalon, puisque seul Leonardo pouvait sentir ce qu'il faisait.

Sa virilité devenait plus évidente à chaque caresse qu'elle lui donnait.

"Est-ce que tu aimes ça?" Demanda Bridget.

"Je suis un homme. Bien sûr que j'aime ça."

Bridget a vu comment son expression montrait des signes de lutte contre ses sentiments.

Il devenait excité et pourtant il résistait là où il était et la situation dans laquelle il se trouvait.

"Jacky, comment va ta bite?"

«Elle est très dure, madame, et commence à avoir la tête mouillée.

"Faites-le venir."

"Oui madame."

Les caresses de Jacky grandissaient plus vite et Leonardo avait encore plus de mal à résister.

Il était dans un monde pris entre le plaisir et l'angoisse, et il a pris du plaisir en rejetant la tête en arrière et en se mettant à respirer rapidement.

Bridget regarda ses yeux se fermer alors que son corps commençait à se pencher sur la chaise et elle se mordit la lèvre inférieure avec un gémissement de satisfaction.

Jacky s'arrêta puis se leva.

«Madame est arrivée.

"Merci, ce sera tout pour le moment." Bridget la congédia et elle s'éloigna lentement en se balançant et en jouant avec son string à la main.

Leonardo resta immobile et ouvrit les yeux, se tournant vers Bridget.

"Pourquoi tu as fait ça?" Je demande.

"C'était ce que tu voulais."

"Je ne m'attendais pas à ce que cela arrive. Quel est cet endroit?"

"C'est mon rêve devenu réalité". Répondit Bridget.

"Vôtre? Possédez-vous ce club?"

"De ce sous-sol, oui."

«Donc tout ce que je peux dire, c'est que tu es une fille bizarre, Bridget et ton sens du plaisir est intriguant. Que se passe-t-il maintenant?

"Suivez-moi."

Bridget ouvrit le chemin à travers les tables et Leonardo le suivit, boutonnant son pantalon, hochant la tête et souriant aux invités qui avaient toujours les yeux fixés sur lui et toujours sans expression.

"Et qui sont-ils?" se demanda-t-il.

Ils entrèrent dans une pièce et Bridget ferma la porte derrière eux.

Il y avait un bureau et une chaise dans la pièce, éclairés uniquement par un chandelier.

Bridget s'appuya contre la table et croisa les bras en le regardant.

«Tu m'aimes, n'est-ce pas, Leonardo?

"Pour le contrat? Oui."

Elle a ri

«Cela et autre chose?

"Tu veux dire. Et si je veux te faire l'amour? Quel homme pourrait résister à cette opportunité? Mais je ne comprends toujours pas ça. Pourquoi joues-tu à ce jeu?"

"Quel jeu?"

"Vous m'invitez ici et ensuite vous permettez que cela se produise. Pourquoi ?"

Elle s'est dirigée vers lui et ils sont restés proches, intacts.

Leonardo était attiré par son attirance insatiable, se penchant pour l'embrasser.

Elle ouvrit les lèvres et il suça sa langue jusqu'à ce que son baiser devienne passionné.

Sa main trouva la fente de sa robe, qui courait le long de sa douce cuisse, mais Bridget attrapa son poignet avant d'atteindre sa hanche, séparant rapidement le baiser.

"Non pas encore."

"Que veux-tu dire ?"

«J'ai besoin d'une faveur d'abord», dit-elle.

"Quel genre de faveur ?"

"Feriez-vous quelque chose pour moi ? Quelque chose que je vous ai demandé de faire ?"

"Oui. Pour te toucher et te faire l'amour, je ferai n'importe quoi."

"Alors asseyez-vous et écoutez-moi."

Il s'assit et repoussa ses cheveux, la regardant chacun de ses mouvements alors qu'elle ouvrait le bureau.

Bridget a sorti une grande enveloppe verte et l'a placée dessus.

"C'est très important. Et j'ai besoin de votre parole pour que vous fassiez cette faveur pour moi."

Leonardo s'était calmé et avait commencé à se demander quelle aide elle voudrait.

"Je veux que vous livriez ça."

Elle lui tendit l'enveloppe.

C'était volumineux mais doux au toucher.

"Qu'est que c'est ?"

"Cela n'a pas d'importance. Ferez-vous cela pour moi ?"

Bridget chevauchait ses genoux, laissant la robe s'ouvrir le long de la grande ouverture pour qu'elle puisse voir sa culotte bleu clair pressée contre son aine.

Il la regarda alors qu'elle glissait doucement vers l'avant, permettant au décolleté de s'affaisser et lui permettant de voir sa peau soyeuse et la forme arrondie de sa poitrine.

«Dites-m'en plus. Où vais-je livrer ça?

"Lorsque vous revenez à Florence, vous devez le remettre avec le nom et l'adresse de la personne sur l'étiquette."

Leonardo l'a regardé et l'a lu.

"Je connais cette personne."

"Oui, je sais," répondit-elle, caressant son visage avec le dos de ses doigts, doucement.

"C'est pourquoi je vous demande cette faveur."

Elle rapprocha doucement son visage du sien puis l'embrassa.

Leonardo voulait plus de ce baiser, mais elle posa ses doigts sur ses lèvres.

"Ne pas."

"Alors j'accepte. Pouvons-nous faire l'amour maintenant?"

"Pas encore. Je dois être sûr que tu fais ça pour moi."

"Bien sûr que je vais le faire."

"Non, ni maintenant ni ici."

Ses doigts fins caressaient ses lèvres alors qu'elle le regardait.

Son expression était pleine de curiosité.

"Quand?"

"Quand tu viens d'Italie et que tu travailles pour toi."

"Mais tu n'en étais pas sûr avant. Est-ce que cela signifie que tu acceptes le contrat?"

"Bien sûr."

Elle sourit puis l'embrassa.

Il la serra dans ses bras et elle réalisa que l'enveloppe était entre eux et se retira rapidement.

"Vous devez en prendre soin. Gardez-le en sécurité, ne le pliez pas ou ne l'ouvrez pas pour quelque raison que ce soit."

"Qu'y a-t-il dedans?" Je demande.

"Un cadeau." Bridget lui a dit.

Elle sourit et regarda ses délicieux yeux bruns.

* * *

Déjà, plus tard, la voiture est revenue.

Le chauffeur s'est garé et a attendu là où il avait déposé ses passagers cette nuit-là, et en quelques minutes les portes latérales se sont ouvertes.

Leonardo a été libéré par Thomas et s'est retourné pour le remercier.

«Le plaisir est pour moi, monsieur.

Thomas s'inclina puis ferma les portes.

Leonardo se leva et réfléchit à ce qui s'était passé cette nuit-là et regarda l'enveloppe dans sa main.

Il est monté dans la voiture et a ordonné au chauffeur de le ramener à son hôtel.

3.

Bridget regarda Thomas verrouiller les portes.

Il se retourna et passa devant elle, cette fois il n'y avait pas de large sourire; au lieu de cela, il ignora simplement sa présence comme si elle n'était pas là.

"Bien joué ... bien joué."

Jacky apparut de nulle part et frappa lentement dans ses mains.

Il est resté derrière Bridget dans l'ombre.

"Je pense que ça s'est plutôt bien passé, n'est-ce pas?"

Bridget se tourna pour la regarder.

Elle était habillée maintenant et n'était plus la serveuse servile qu'elle avait été cette nuit-là.

"J'ai payé les invités. Ils sont prêts à partir."

"Je ne sais pas si c'est la bonne chose à faire." Dit Bridget.

Jacky se rapprocha, son visage maintenant visible et avec un sourire triomphant.

"De plus, je n'ai jamais trompé personne auparavant."

"Oh? Je suis sûr que tu as raison."

Jacky passa ses bras de chaque côté de Bridget, la plaçant entre elle et le mur.

"Vous vouliez ça et ensemble nous pouvons faire d'une pierre deux coups. Tout ce que vous avez à faire est de nier que vous êtes venu ici ce soir."

« Et le chauffeur?

"Le chauffeur travaille pour moi. Tu vois, tout est prévu. Tout ce qui reste est ..." Jacky passa un doigt dans les cheveux de Bridget, continuant le long de sa joue et s'arrêtant devant ses lèvres douces et ouvertes. "Tout ce qui reste est votre silence."

"Je suis désolé d'avoir accepté ça."

"Ce n'est pas le moment de se lamenter. Pas maintenant que nous sommes arrivés aussi loin."

"Qu'est-ce que Léonard a fait? Pourquoi le détestez-vous autant?"

Jacky recula et son expression changea.

«Pour ce qu'il a fait à ma sœur. J'ai promis de me venger, et maintenant j'ai cette opportunité, grâce à vous connaître.

"Et tout ce que j'ai à faire est de nier ce qui s'est passé?"

"Oui. Et vous l'avez aussi, n'oubliez pas. Deux oiseaux, un coup. La vengeance peut être si douce ma chère Bridget ... si douce."

"J'ai besoin d'un taxi. J'en ai assez pour une nuit." Répondit Bridget.

Jacky fit claquer ses doigts et Thomas apparut instantanément de l'ombre du passage étroit.

«Vous avez déjà entendu la dame, Thomas. Appelez un taxi pour venir la chercher à l'entrée principale.

* * *

Bridget est retournée à son appartement, baignée et préparée à se détendre dans son lit avec la caméra vidéo dans ses mains.

Il a joué à nouveau la cassette vidéo au début de sa performance solo, qu'il a enregistrée le même après-midi.

Il a allumé le centre de musique avec une télécommande qui a continué à jouer la musique de Strauss qu'il aimait tant.

Elle allait jeter un œil à la cassette, mais le morceau de musique qu'elle jouait lui rappelait à nouveau son père.

C'était aussi son préféré.

Les souvenirs ont commencé à inonder son esprit du moment où il s'est assis sur le balcon de la salle de concert et a vu son père diriger la même pièce.

Il l'a fait avec tant de grâce et avec tant de confiance, ressentant chaque partie de la musique et chaque instrument.

Le téléphone sonna à côté de lui.

Ils l'ont réveillée du flashback et ont regardé l'heure.

Il était tard et elle ne s'attendait pas à ce que quelqu'un l'appelle, en particulier son numéro de domicile.

"Salut?"

"Bridget? C'est moi, Leonardo," dit la voix.

Elle fut surprise de voir qu'il la recontacterait si tôt.

"Comment as-tu eu mon numéro?"

"Ce n'est pas difficile pour moi. J'avais besoin de te parler. Je ne peux pas dormir."

Elle écoutait avec inquiétude.

Cela ne devait pas se produire.

Il s'agenouilla sur le lit en tenant la serviette autour de lui.

"Salut Bridget, tu es là?"

"Oui."

"Comme je l'ai dit, je ne pouvais pas dormir. Cette nuit était si étrange que je ne peux pas m'arrêter d'y penser. Vous avez exploité une de mes faiblesses et personne ne l'avait fait avant sans leur dire. J'ai besoin de vous voir."

"Ne pas!"

"Ecoute ... ne raccroche pas. S'il te plaît, laisse-moi parler. Pourquoi ce cadeau est-il si important pour Angel? Pourquoi me l'as-tu donné?"

"Que veux-tu dire?"

«Je veux dire, pourquoi as-tu joué à ce jeu? Ne te méprends pas, Bridget, j'ai apprécié. Mais il semblait que tout était arrangé pour moi. Et je pensais qu'il y en aurait plus."

"Ce n'était pas un jeu."

"Alors je ne comprends pas. Bien sûr, je vous livrerai le cadeau si vous le souhaitez. Et j'espère que vous travaillerez pour moi très bientôt. Je rédigerai immédiatement le contrat et vous l'enverrai. Mais c'est tellement ridicule, pourquoi ne pouvons-nous pas être ensemble?" Pendant quelques heures? Puis-je vous demander de prendre ma voiture tout de suite et de passer en revue mes fétiches et mes fantasmes pour ce soir. "

"Non Leonardo".

Et elle a remis le récepteur sur le téléphone, rapidement, le coupant.

Il s'agenouilla un moment en se demandant quoi faire.

Cela ne faisait pas partie du plan.

Ça allait être juste une réunion.

La boîte de nuit et ce serait tout.

Dans quelques jours, l'objectif aurait été atteint, et Leonardo et Angel seraient morts.

Et personne ne saurait jamais qui l'avait fait et s'ils enquêtaient, alors nier tout cela leur permettrait de s'en tirer.

Il se pencha en arrière et se mordit nerveusement le pouce, son esprit s'emballant avec des pensées de regret et de culpabilité.

Elle faisait explicitement confiance à Jacky.

* * *

Leonardo était assis dans sa chambre d'hôtel, le téléphone à la main.

Le faible son de la ligne déconnectée ronronnait toujours pendant qu'il réfléchissait, puis raccrocha le combiné en souhaitant que Bridget ait réellement accepté son offre d'emploi.

Il la voulait tellement et cela faisait longtemps qu'il n'avait pas eu autant envie d'une femme qu'elle.

Mais il était également prêt à expliquer son comportement étrange, réalisant qu'elle pouvait simplement jouer avec lui, jouer avec ses émotions sexuelles les plus profondes et les plus sombres.

Il a appelé l'opérateur pour demander une ligne directe avec Miguel Ángel Andreotti.

Il serait tard à la maison, mais il estimait que l'appel était important maintenant.

En quelques secondes, Angel répondit directement.

"Je suis Leonardo, Leonardo Biscas. Je suis désolé de vous déranger à une heure aussi tardive, mon ami, mais quelque chose me dérange ..."

* * *

Bridget a naturellement posé pour la caméra.

Elle n'avait pas besoin d'une grande suggestion du photographe, car elle se comportait naturellement comme il s'y attendait.

Les vêtements en soie qu'elle portait étaient conçus de la même manière que la brise en éventail était censée lui donner, et sa forme le complétait en épousant parfaitement toutes les bonnes parties de son corps, la matière en soie pressant contre ses seins, sa forme. mamelons clairement définis et mis en évidence à travers.

"Tu es superbe, bébé. O.K., ça va pour aujourd'hui", a déclaré le photographe.

Elle se détendit et quitta le plateau, se rendant chez sa maquilleuse personnelle qui l'attendait pour l'accompagner au vestiaire.

« À la même heure demain, Bridget, s'il vous plaît.

"Il n'y a pas de problème." Elle a répondu, l'embrassant légèrement sur la joue.

Lorsqu'il entra dans la loge, Leonardo était assis sur la commode.

Bridget fut surprise de le trouver là-bas. "Qu'est que tu fais ici?"

"J'ai pensé que je vous rendrais visite."

"Mais tu étais censé rentrer à Florence."

"J'ai annulé mon vol jusqu'à une date ultérieure."

"Tu ne peux pas!"

"Mais je l'ai fait. J'avais besoin de vous revoir."

Bridget s'est tournée vers sa maquilleuse, une fille timide avec des lunettes qui semblait aussi surprise que Bridget de découvrir que Leonardo s'était invité à entrer dans la loge.

"Pourquoi ne me l'as-tu pas dit?" Bridget lui a demandé.

"Désolé, je ne savais pas qu'il était là."

"Ok, laisse-nous tranquilles."

La fille partit précipitamment, fermant la porte derrière elle.

Bridget a commencé à retirer la tenue qu'elle portait, le dos tourné vers lui.

Il la regarda attentivement alors qu'elle restait complètement, à l'exception de son short blanc devant lui.

"S'il te plaît, retourne-toi, laisse-moi au moins te voir," demanda-t-il.

Bridget prit ses seins en coupe et se tourna vers lui en souriant.

Malgré son attitude excentrique la nuit précédente et l'avoir toujours, elle était un mystère alléchant pour lui.

Elle était devant ses yeux une très belle femme, totalement irrésistible.

Et Bridget avait les mêmes pensées à son égard.

De tous les hommes qu'elle avait rencontrés dans sa vie, Leonardo était le plus impressionnant.

Cet homme avait non seulement du pouvoir et de la richesse, mais aussi une immense attraction physique.

«Pourquoi n'es-tu pas venu me voir quand je t'ai appelé hier soir? Je demande.

Il se leva et se dirigea vers elle.

"Je pensais que notre petit jeu venait juste de commencer."

"J'étais fatigué. Ça avait été une longue journée."

Il lui prit la main gauche et l'éloigna doucement d'elle.

Ses yeux rencontrèrent sa poitrine et un mamelon qui montra qu'elle ressentait son érection.

«Et la nuit dernière, c'était juste une petite chose que j'avais arrangée. Je savais que ça te plairait. En plus de ta faveur, bien sûr.

"Ahhh!, Oui, le cadeau pour Michel-Ange."

Il porta sa main à ses lèvres et embrassa ses doigts.

Elle le regarda, savourant chaque tendre lèche de sa langue alors que ses yeux se fixaient sur les siens.

«Miguel Ángel était un très bon ami de mon père», commença-t-il à expliquer. "C'est juste quelque chose que je voulais qu'il ait."

"Bien sûr."

Ses baisers descendirent le long du dos de sa main, les yeux fixés, regardant ses yeux se remplir du désir qu'il instillait.

"La plupart des gens mettent des cadeaux dans de petites boîtes enveloppées dans un joli papier."

"Je n'avais pas le temps. J'étais très occupé."

"Et bien maintenant j'ai plus de temps ici à passer avec toi, peut-être que tu peux rendre le cadeau plus présentable."

Bridget fut secouée par sa suggestion impensable et retira rapidement sa main.

"Ne pas."

"Pourquoi pas?" Je demande.

Elle le regarda, son esprit cherchant une réponse qu'elle n'avait pas.

"Y a-t-il quelque chose derrière l'affaire?"

"Intello."

"Je pense qu'il y a quelque chose derrière. Vous cachez quelque chose."

"Qu'est-ce que je cachais?"

Elle a commencé à chercher des vêtements dans la pièce, trouvant son soutien-gorge.

Elle a commencé à le mettre.

"Attendez, laissez-moi l'attacher pour vous."

Bridget releva ses cheveux alors qu'il commençait à attacher les fermoirs.

Il passa doucement ses doigts sur son épaule et son toucher la fit tressaillir, les yeux fermés en voulant plus.

C'était l'une des parties érogènes les plus sensibles de son corps.

Il la retourna et leurs lèvres se rencontrèrent.

Un baiser qu'il avait cherché, mais qu'il lui était impossible de lui refuser, puisqu'elle devenait de plus en plus passionnée à chaque seconde qui passait.

"Je veux que tu me baises," murmura-t-elle.

Leonardo la souleva, ses mains agrippant ses fesses alors qu'elle l'étreignait, continuant le baiser.

Il la porta jusqu'à la commode, la fit asseoir dessus et dispersa son contenu.

Bridget ouvrit largement ses cuisses alors que sa main toucha son aine, sentant sa chaude humidité.

Il y avait une paire de ciseaux sous la main et il les prit, coupant la ceinture de sa culotte sur les deux hanches permettant au tissu de tomber, exposant son sexe.

Puis elle a coupé le soutien-gorge entre ses seins.

Les rassemblant dans ses mains, elle les serra doucement pour lui permettre de les embrasser et de les sucer alors qu'elle tentait de retirer sa veste.

Leonardo l'aida en la jetant au sol.

La voir maintenant ouverte à lui le fit s'arrêter pour la savourer.

Leonardo s'est mis à genoux et a posé ses doigts sur ses lèvres vaginales.

Elle le sentit se séparer d'elle, pour admirer ses pétales étincelants et ouvrir son nouveau domaine privé rose.

Il y avait devant lui tout ce qu'il avait imaginé dans ses rêves.

Puis elle sentit sa langue la goûter, chaude et pénétrante.

Il lécha son petit clitoris, la tirant de sa capuche protectrice et envoyant des vagues d'extase à travers elle.

Son fantasme se réalisait depuis qu'elle avait voulu le sentir faire ça depuis longtemps.

Le contact de sa langue était exactement comme elle l'avait imaginé.

Et quand il plongea son doigt profondément en elle, il la fit frissonner et soupirer de plaisir.

Il se leva et, ses bras reposant de chaque côté d'elle, ils s'embrassèrent passionnément.

Maintenant, Bridget voulait savourer son sexe sur ses lèvres car cela rendrait tout plus excitant.

Ils ne lui avaient jamais fait de sexe oral auparavant.

Leonardo avait été le premier et voulait le récompenser.

Sans hésitation, il déboutonna son pantalon et trouva sa bite dure retombant en force entre ses doigts, sentant la forme et le grand contour, très épais et veineux, dont elle était dotée.

Une fois de plus, ses rêves se réalisaient.

Plusieurs fois, elle avait rêvé de prendre sa bite dans sa bouche.

L'autre soir à la boîte de nuit, elle voulait être à la place de Jacky, faire les choses qu'elle lui faisait.

«Êtes-vous prêt à le faire? lui chuchota-t-il.

Même si elle était prête, il y avait autre chose que je devais clarifier.

«Soyez gentille,» haleta-t-elle doucement. "Ce sera ma première fois."

Il s'arrêta un moment et réfléchit à ce qu'elle venait d'avouer.

C'était quelque chose auquel je ne m'attendais jamais.

Elle était l'une des plus belles femmes du monde et était encore vierge.

Il la respectait pour cela et au lieu de pousser profondément et fort, il lui permit de le guider entre ses lèvres et il la pressa lentement vers le bas.

Bridget poussa un soupir quand elle le sentit entrer.

Ce n'était pas différent au début des doigts auxquels il s'était habitué.

Puis il commença doucement à pousser plus profondément.

Elle attrapa ses épaules, enfonçant ses ongles dans sa peau.

"Es-tu sûr que tu es prêt?" il a demandé à nouveau.

"Oui."

«Dis-moi si ça fait mal. Je ne veux pas te blesser.

"Je vais bien. Ne sois pas désolé."

"Il n'y a pas besoin de le regretter, Bridget. Je n'aurais jamais imaginé que tu serais vierge. Ce fait ne fait que rendre ce temps encore plus précieux pour moi."

Elle sourit, ses yeux se fermèrent doucement et elle relâcha sa prise sur sa peau.

"Je vous remercie."

Leonardo lui donna une légère poussée, envoyant sa virilité aussi profondément que possible en elle.

Une fois de plus, ses doigts le saisirent en réponse.

Mais ce n'était pas à cause de la douleur, mais à cause de la sensation de plénitude et de l'intimité qui l'accompagnait.

"Je promets que je ne rentrerai pas en toi," murmura-t-elle doucement.

Mais c'était un souhait auquel elle aspirait, mais elle savait que le fait qu'il soit libéré n'était pas très sensé.

Non seulement elle était vierge, mais elle était aussi à l'âge de maturité et de fertilité, et ce moment n'était que pour le plaisir et non pour la procréation.

Il a commencé à pousser et à se rétracter, lentement au début, évaluant sa réponse.

Bridget pouvait sentir son orgasme grandir, se mit à le chevaucher et savourer le voyage vers son apogée.

Leonardo lui a donné ce privilège lorsque ses cris devenaient plus forts et il savait qu'il avait atteint son apogée lorsque ses ongles s'enfonçaient dans sa peau et que son corps tremblait.

Pour Bridget, c'était comme aucune autre libération orgasmique qu'elle n'avait jamais ressentie auparavant.

Cette fois, il n'était pas auto-induit, cette fois son mantra n'était pas la musique et cette fois les fantasmes étaient réels.

Et maintenant, au lieu de cesser, Leonardo a commencé à ralentir son rythme, permettant aux sentiments en elle de rester.

«Profitez-en, mon précieux», dit-il. "Laisse-moi t'emmener là où tu n'étais jamais allé auparavant."

Maintenant, elle savait quelle était la différence.

Leonardo lui a donné un orgasme qui a duré beaucoup plus longtemps que ses attentes imaginées.

Puis il a atteint ses propres limites sous la force d'une telle passion.

Il se retira et elle sentit la chaleur de son sperme frapper son nombril alors qu'il gémissait sa propre libération orgasmique en harmonie avec la sienne.

Ensemble, ils ont commencé à se détendre et les baisers n'étaient plus fervents, mais gentils et aimants.

Bridget le sentit se calmer à travers elle.

Quelque chose qu'elle avait gardé pour quelqu'un de spécial avait déjà été fait, et pourtant Leonardo lui était encore étranger.

Et puis il lui a chuchoté quelque chose, ce qui la fit réfléchir.

"Je t'aime."

* * *

On frappa à la porte.

"Mademoiselle, puis-je entrer maintenant?" demanda la voix.

C'était sa maquilleuse.

Leonardo s'est éloigné d'elle pour qu'il puisse être décent.

"Je serai libre dans un instant." Répondit Bridget.

"Le photographe veut fermer le studio."

«Dis-lui d'attendre un peu, ça ne prendra pas longtemps.

Leonardo lui sourit et la serra dans ses bras, scellant ses derniers moments avec un autre long baiser significatif.

4.

La pièce était sombre.

Éclairé seulement par une applique rose et en dessous un lit, dans lequel Jacky était nu, pleurant de plaisir.

Ses poignets étaient menottés au mur, ses seins tremblaient et tremblaient alors qu'elle résistait.

"Oh oui oui!"

Sa voix se répéta alors qu'elle secouait la tête d'un côté à l'autre dans une folle démonstration de satisfaction.

Et à côté d'elle se trouvait l'esclave sexuelle, un jeune homme musclé, jeune et sombre aux yeux bleu saphir, ses doigts dans son sexe, la caressant vers un point culminant orgasmique.

Thomas, le serviteur nain, entra dans la pièce avec un téléphone portable et l'esclave sexuelle retira ses tendres touches.

«Miss Jacky, un appel important.

Jacky s'arrêta; sa respiration était lourde avec une expression d'angoisse sur son visage.

Elle détestait être taquinée dans les moments d'extase extrême.

"Combien de fois t'ai-je dit de ne jamais me déranger quand je suis occupé?"

«Mais c'est Miss Bridget. Répondit Thomas.

L'esclave a sorti sa main droite du bracelet avec lequel elle était attachée pour qu'elle puisse répondre à l'appel.

«Qu'est-ce que tu veux Bridget? Il vaut mieux être urgent.

"C'est très urgent." Répondit Bridget. "Leonardo n'est pas rentré à Florence comme on s'y attendait."

"Quoi? Que voulez-vous dire, il n'est pas revenu comme prévu? Ce n'est pas le bon moment pour des blagues stupides."

"Je ne plaisante pas. Il ne partira pas."

Jacky s'assit et congédia son esclave et sa servante.

"D'accord. Alors tu ferais mieux de t'expliquer. Et ce serait mieux une bonne explication."

«Je pense qu'il soupçonne quelque chose. Je savais que c'était une mauvaise idée.

Bridget était assise dans son salon en train de regarder la vidéo qu'il avait enregistrée d'elle avec le son éteint.

"J'étais avec lui cet après-midi et je lui ai demandé de me rendre la lettre."

«Tu lui as dit que c'était une bombe?

"Non, je ne suis pas si stupide."

«Vous voulez dire que nous avons fait tout cela pour rien?

"Oui. Je te l'ai dit, c'était une mauvaise idée. On n'aurait jamais dû aller aussi loin."

"Donc que faisons-nous maintenant?" Demanda Jacky.

"Laisse moi y réfléchir."

Bridget débrancha rapidement son téléphone et le plaça à côté d'elle juste au moment où Leonardo entrait dans la pièce et prenait sa main dans la sienne.

Ensemble, ils ont regardé la vidéo et la fin qui était affichée devant eux.

Les yeux de Bridget s'écarquillèrent, un sourire agréable sur son visage alors qu'elle se voyait à l'écran, culminant avec la musique.

Cela l'a remplie de sentiments de désir sexuel, de revivre le moment une fois de plus.

Leonardo toucha son visage, observant son expression alors qu'elle fermait les yeux et se mordait doucement la lèvre.

"Tu aimes te faire plaisir par ce que je vois," lui chuchota-t-il.

Elle hocha la tête en réponse.

"Et est-ce que tu aimes prendre soin de toi?"

Sa main descendit et toucha sa poitrine couverte, la dureté de son mamelon au bout de ses doigts.

"La musique vous fait-elle plaisir?"

Ses yeux s'écarquillèrent légèrement et elle le regarda.

"C'est mon truc. J'ai toujours été satisfait de cette pièce aussi longtemps que je me souvienne."

Leonardo sourit et tendit la main pour l'embrasser.

Bridget a allumé le lecteur de musique.

Elle s'allongea et regarda depuis le lit sa forme nue, se retourner et marcher lentement vers elle.

Le tout éclairé par la faible lumière des bougies atmosphériques.

La musique a commencé à jouer et la salle s'est remplie de son.

Un autre de ses classiques préférés, cette fois de Stravinski

Elle chevaucha ses hanches et se pencha en avant, embrassant son front et son nez.

Ses yeux se fermèrent, sentant ses tendres affections alors que ses seins frôlaient doucement sa poitrine.

Quand leurs langues s'entremêlaient, elle sentit ses mains toucher ses fesses, un doigt qui s'égarait et explorait son sexe et sa dureté se pressant sur elle.

Il s'assit et, pour la première fois, put voir sa virilité, debout fièrement, sa peau plus foncée que la peau de son nombril et son cocon exposé.

Ses doigts se caressaient, sentant les veines dépasser comme des courants inversés.

C'était la première fois qu'elle touchait un homme comme ça.

Elle leva les mains, pressant ses seins avec amour.

La sensation de ses doigts sur ses tétons envoya une vague de plaisir à travers son corps.

Il ressentait le besoin de faire quelque chose qui n'existait que dans ses fantasmes jusqu'à présent.

Elle leva les yeux vers lui, sourit et glissa le long de ses jambes jusqu'à ce qu'il soit en mesure de porter sa virilité à sa bouche.

Le premier contact avec le pénis d'un homme n'était pas ce à quoi elle s'attendait, mais sa langue a exploré chaque partie de son gland, puis l'amertume dans le goût de son liquide préséminal s'est transformée en une autre sensation délicieuse.

Leonardo passa ses mains dans ses cheveux, gémissant de reconnaissance pour ce qu'il faisait.

Elle augmenta ses actions, le prenant plus profondément dans sa bouche, le suçant et le léchant, savourant sa peau douce contre sa langue.

Sa main se pressa plus fermement contre sa tête et ses hanches commencèrent à se plier au rythme qu'elle aimait.

Ses gémissements devinrent plus forts quand elle marmonna quelque chose dans sa barbe, et soudain, sans prévenir, elle sentit sa charge chaude couler dans sa gorge.

Elle n'avait d'autre choix que d'avaler.

Mais avec le deuxième déluge de sperme, elle a pu le retenir, lui permettant de couvrir sa virilité dans un mélange mélangé à sa propre salive.

Elle le relâcha, utilisant sa main mince pour éjecter une autre charge qui coulait comme un sirop blanc sur ses doigts.

Pour une raison quelconque, la musique ne semblait plus importante.

Leonardo avait remplacé cette certaine magie.

Le charme de faire l'amour avec la musique elle-même était devenu le second dans la réalité des choses.

C'était un vrai homme, un vrai amoureux et ensemble ils ont fait leur propre genre de musique.

Contrairement aux hommes plus jeunes avec lesquels il avait déjà plaisanté lors de matchs précédents dans un passé pas trop lointain, Leonardo était resté avec le membre dur.

Et contrairement au passé, elle était maintenant prête à retirer l'intensité du sexe.

Elle voulait prendre le contrôle.

Lentement, Bridget glissa sa virilité vers elle.

J'étais mouillé et cette étape semblait plus facile maintenant qu'il appuyait.

Il a tenu ses hanches lui permettant de le chevaucher doucement, utilisant ses doigts pour toucher son clitoris, produisant une combinaison de masturbation et la sensation d'être en lui.

Une vague de sensations de picotements envahit ses sens alors qu'elle atteignait le sommet de son orgasme.

Le point culminant a été formidable et elle a découvert une nouvelle sensation.

Leonardo lui sourit.

Il était l'homme le plus séduisant qu'elle ait jamais vu et maintenant il avait l'air encore plus charmant, ayant réalisé l'un de ses rêves les plus fous.

Elle se pencha une fois de plus contre lui et s'étira dans ses bras, sentant sa chaleur et la caresse de ses doigts alors qu'ils jouaient dans ses cheveux.

La proximité d'un homme n'avait jamais ressemblé au sentiment qu'il avait maintenant.

Le seul homme qui avait montré son affection auparavant était son père jusqu'à présent.

Malgré sa beauté hypnotique, elle s'était privée de plaisirs sexuels avec les autres.

Ses relations avec les hommes dans le passé sont restées lointaines, pour éviter que ses tentations ne prennent le dessus.

Rien d'autre qu'un baiser profond parfois, sans sentiments, qui leur donnait l'impression qu'elle avait froid.

Ce n'était pas qu'elle détestait les hommes ou le sexe.

C'était plus profond que ça.

Bridget pleurait à sa manière la mort subite de l'homme qu'elle aimait tant, comme si elle croyait ne pouvoir appartenir à personne d'autre.

Puis l'estime de soi et la vanité l'ont envahie au fil des ans.

D'une certaine manière, cela lui a donné confiance en elle pour devenir ce qu'elle était et faire l'amour pour elle-même et la musique plus important que de chercher l'amour ailleurs.

La rencontre fortuite avec Leonardo a été l'occasion pour elle de rencontrer un homme qu'elle admirait depuis de nombreuses années et aussi un moyen de venger son père avec l'ami de Leonardo, Miguel Ángel Andreotti, dont elle croyait être responsable. suicide de son père.

Et c'était Jacky qui allait planifier le plan qui les satisferait tous les deux.

Mais Bridget n'était pas sûre de vouloir que Leonardo souffre de tout cela.

Elle ne l'avait jamais rencontré jusqu'à présent et avant cela, tuer un inconnu semblait être quelque chose qu'elle pouvait accepter en partie.

Maintenant c'était différent.

Andreotti était le seul qu'elle voulait mourir pour satisfaire sa douleur, et non Leonardo.

«J'ai l'enveloppe à mon hôtel si vous voulez que je retourne à Florence», dit-il.

Elle se pencha à côté de lui et passa ses doigts sur sa poitrine, plongée dans ses pensées.

"Et je peux l'emmener et revenir vers vous."

"Oui! Je veux que tu reviennes."

Sa réponse ambitieuse l'a étonné.

"Dites-moi, qu'est-ce qu'il y a dans l'enveloppe? J'ai besoin de savoir. Ne gardez plus ça un mystère."

"Comme je l'ai dit, c'est un cadeau de ma part pour Miguel Ángel. Rien de spécial."

«C'est intéressant, parce que je lui ai parlé et je lui ai parlé de toi. Il lui a fallu un certain temps avant de réaliser qui tu étais.

"ET?"

"Il se souvient de vous. La fille de son collègue, Christopher Baldwin, un brillant chef d'orchestre. Il semble qu'il respectait votre père."

"Est-ce vrai?"

"Et il semble que tu n'es pas d'accord avec ça."

Bridget tira la couette du lit et courut vers la salle de bain.

Cela semblait suffisant pour convaincre Léonard qu'il y avait quelque chose, non seulement mystérieux dans l'enveloppe, mais dans toute l'affaire dont il s'était trouvé une partie.

Il y avait des secrets et des mensonges autour de tout cela, et bien qu'il la respectait et qu'il revienne en Angleterre spécialement pour la rencontrer, il était maintenant impliqué dans quelque chose qui pourrait menacer sa vie.

Il la suivit dans la salle de bain.

Elle s'assit pensivement sur les toilettes, comme s'il n'était pas là.

«Dis-moi ce qu'il y a dans l'enveloppe et je te promets que je la garderai avec nous. Elle ne sortira pas d'ici.

Bridget le regarda et réalisa à quel point tout allait mal dans ce plan.

"Vous ne devez en aucun cas l'ouvrir."

"Pourquoi? Tu dois me le dire."

Il s'agenouilla devant elle et lui prit la main.

"Qu'y a-t-il à l'intérieur de l'enveloppe?"

"C'est une bombe".

"Une bombe? Quel genre de bombe?"

"Une lettre bombe. Elle explosera dès qu'Angel l'ouvrira."

Leonardo se leva et la regarda avec incrédulité.

L'audace de la suggestion qu'elle avait prévu de tuer son ami était dévastatrice, et il allait être le porteur, le moyen de le livrer, son ennemi juré.

«Aviez-vous l'intention de tuer Angel? Mais pourquoi?

"Pour ce qu'il a fait à mon père."

"Mais qu'est-ce qu'il a fait de si terrible? Je ne comprends pas."

"Cela l'a forcé à se suicider."

"Comment?"

Bridget a expliqué l'époque où elle était avec son père à Paris et Michel-Ange et il s'est disputé dans la chambre d'hôtel.

«Mon père a écrit une composition qu'il lui a enseignée. Ángel a dit que la musique était similaire à ce qu'il avait écrit des mois auparavant et a accusé mon père de l'avoir plagiée. Ils se sont disputés pendant longtemps, presque en se battant, puis Ángel a dit: s'il osait La représenter au concert l'exigerait. "

"Et la composition appartenait à Angel?" Demanda Leonardo.

"Oui. Mon père l'a modifié, mais il a fait beaucoup de modifications et d'améliorations. Tellement qu'il a fait son propre travail. Il y avait très peu de la partition originale qu'Ángel avait écrite."

"Et donc?"

"Deux jours plus tard, mon père a dirigé un concert auquel Michel-Ange n'a pas pu assister. Il a ajouté la pièce supplémentaire et ce soir-là, elle a été jouée pour la première fois. Mon père a dit au public que c'était sa dernière composition, mais Miguel Ángel il a découvert. Il est devenu un ennemi et des mois plus tard, mon père a perdu tout ce qu'il avait. La cour a convenu avec Angel que la composition était à l'origine la sienne. Mon père était ruiné. "

Les souvenirs revinrent aigris et Bridget se mit à sangloter alors que Leonardo la serrait fort.

"Je ne savais rien à ce sujet. Angel est un homme très réservé, il ne m'en a jamais parlé du tout."

Tandis qu'il la tenait, il réalisa que s'il avait livré la lettre piégée, lui aussi serait une victime.

Il n'y avait aucun doute qu'il aurait été avec Angel quand il l'aurait ouvert.

"Désolé Leonardo."

«Tu sais que cette bombe m'aurait blessé ou tué aussi, non?

Bridget leva la tête de son épaule.

Il essuya les larmes de ses yeux alors qu'elle le regardait.

"Oui. J'avais peur de quelque chose comme ça, mais cette partie du plan n'était pas ce qui était impliqué."

"Alors tu n'es pas seul dans ça?"

"Non. Je ne pourrais jamais proposer un plan comme celui-ci tout seul."

« Alors qui d'autre est impliqué?

Elle prit sa main et retourna avec lui dans la chambre.

Ensemble, ils se sont assis et elle a expliqué la boîte de nuit.

"Ce n'est pas mon club. C'était une façon de vous y amener pour que je puisse vous donner l'enveloppe. Et c'était l'idée de quelqu'un qui voulait vous humilier en même temps."

Leonardo était de plus en plus confus.

Il savait que Bridget n'était pas le genre de personne qui pouvait aller aussi loin.

Il la laissa continuer;

« Il y a trois mois, j'ai rencontré Jacky, la serveuse de la discothèque. Elle a découvert mon père et Michel-Ange et savait qu'elle était méchante à propos de ce qui s'était passé. Elle a également découvert qu'elle essayait d'organiser une réunion avec moi pour en parler un contrat et aussi à quel point j'étais intéressé par toi. Et bien, plus qu'intéressé, elle savait qu'elle ressentait quelque chose à ton sujet "

Il sourit et caressa son visage doucement.

« Est-ce que cette chose est manifestement que tu m'aimais?

« Oui. De loin, la première fois que je t'ai vu, j'ai toujours voulu te rencontrer. Je suis tombé amoureux de toi, je suppose, si c'est possible.

"Dans ce cas, je devrais tomber amoureux de toutes les belles femmes que je vois."

« Non, Leonardo, je suis sérieux. J'étais amoureux de toi. En ce qui me concernait, tu étais le plus bel homme que j'aie jamais vu. Et quand j'ai découvert que tu voulais me rencontrer, je me suis senti dépassé.

"Et Jacky? Où se situe-t-elle dans tout ça?"

"Jacky est venu me voir. Il m'a approché en tant qu'agent et m'a proposé un partenariat sur un projet qu'il prévoyait aux États-Unis. La promesse d'être présentateur de télévision était irrésistible et j'ai réalisé que c'était peut-être quelque chose dont je pourrais avoir besoin. dans le futur. Mais ensuite, au fil des semaines, j'ai commencé à réaliser qu'elle n'avait pas de projet et que son intérêt pour moi était pour son propre but. Elle voulait utiliser moi pour vous contacter. "

«Moi? Suis-je censé la connaître?

"Non. Mais il y a quelqu'un que tu connaissais qui réunit les deux."
"Qui?"

«Sa sœur. Toi et elle viviez ensemble. Elle s'est noyée dans un accident.

Leonardo se leva rapidement et se souvint soudain de cette nuit tragique à Venise il y a plus de dix ans.

Jane, ça ne peut pas arriver.

«Elle ne connaissait même pas le nom de sa sœur. Mais quoi qu'il arrive, Leonardo, elle a l'impression que tu es responsable de sa noyade. Elle veut te faire payer pour ça.

"Je ne comprends pas. Ce n'était pas de ma faute."

«Je ne connais pas toutes les raisons pour lesquelles elle voulait que vous mouriez. Mais ce que je sais, c'est que Michel-Ange et vous êtes devenus des amis proches et Jacky m'a convaincu que moi aussi je pouvais me venger de quelqu'un que j'ai tellement détesté. Mais alors Quand j'ai réalisé à quel point vous étiez impliqué dans son plan, j'ai voulu que cela se termine. "

"Alors pourquoi l'as-tu fait? Pourquoi ne l'as-tu pas fini?"

"Parce que Jacky est une personne très puissante et dangereuse, Leonardo. Il m'a menacé. J'ai vu les choses qu'il pourrait me faire si je n'étais pas d'accord avec elle."

Maintenant, les choses commençaient à devenir plus claires pour lui.

Jane était quelqu'un dont il était tombé amoureux, mais elle était maintenant dans son passé.

Cette nuit serait toujours dans sa mémoire, alors que Jane tombait à l'eau du yacht dans le port.

Elle s'était soûlée enragée et ils se disputaient.

Elle lui a dit qu'il allait passer de la fête à sa chambre d'hôtel et qu'il ne devait pas le suivre.

Le lendemain, son corps a été retrouvé.

Leonardo s'assit de nouveau à côté de lui sur le lit et Bridget passa son bras autour de ses épaules, cette fois pour le réconforter dans ses tristes souvenirs.

«Étiez-vous amoureux de cette fille?

"Oui. Elle était tout pour moi. J'étais très blessée quand l'accident s'est produit, mais ce n'était pas de ma faute. Bien sûr, je savais que sa famille avait ses propres idées. Pendant des mois, ils m'ont menacé, mais ensuite tout s'est arrêté. J'ai commencé à reconstruire. ma vie et ma carrière par la suite. Et maintenant ceci. "

Croyez-moi Leonardo, je suis vraiment désolé.

"Attends. Si j'étais retourné à Florence quand j'aurais dû, alors ..."

5.

Un épais brouillard s'était installé sur l'estuaire dans le froid du matin d'automne.

Le remorqueur a pénétré au centre de la rivière, puis les moteurs se sont arrêtés.

On n'entendait que le bruit des petites vagues frappant la coque lorsque Leonardo se déplaça vers la poupe et regarda sur le côté.

Dans ses mains gantées se trouvait l'enveloppe.

Elle l'a regardé une dernière fois puis l'a laissé tomber dans l'eau froide, le regardant flotter au début, puis disparaître de sa vue lorsqu'il a coulé dans la rivière trouble.

Bridget se tenait derrière lui et il tourna la tête vers elle.

"C'est vrai. De cette façon, il ne peut plus faire de mal maintenant", dit-il.

Elle le serra dans ses bras, serrant son bras fort et poussant un soupir de soulagement.

Il lui tapota la main et l'embrassa doucement sur la tête.

C'était le seul moyen auquel ils pouvaient penser pour se débarrasser de la bombe à lettres.

Leonardo se tourna vers le pilote pour retourner au port.

La brume a commencé à se soulever légèrement alors que l'air du matin réchauffait la pièce et que la lueur orange du lever du soleil émergeait.

Ils s'assirent tous les deux sur le roseau roulé.

Bridget attacha son bras, se blottissant non seulement à cause de la chaleur mais aussi de l'affection alors que le bateau, au ralenti, continuait sa route.

Il la regarda et leva le menton pour rencontrer ses yeux.

«J'adore tes yeux. Tu as de merveilleux yeux bleus qui parlent d'eux-mêmes», dit-il.

Elle lui sourit alors qu'il les regardait.

"Je me noie en eux."

Elle rit, presque avec un petit rire, trouvant son commentaire assez amusant.

«Je parie que tu dis ça à toutes les filles que tu rencontres.

"Non, pas tous. Seulement ceux dont les yeux sont aussi beaux que les vôtres."

"Oh. Et combien de beaux yeux comme les miens avez-vous rencontrés jusqu'à présent?" elle a demandé.

"D'innombrables. Mais vraiment, les vôtres sont les plus belles à ce jour."

"Et vous dites qu'ils parlent d'eux-mêmes? Et que vous disent-ils?"

"Ils me disent que je suis l'homme le plus chanceux du moment."

Son sourire se calma un peu.

Elle avait détecté le sens de ce qu'il voulait dire et avait raison de le dire, car elle avait la chance d'être là où elle était maintenant au lieu de retourner à Florence quand elle l'avait initialement prévu.

«Je sais qu'au fond vous ne me pardonnerez jamais d'avoir joué avec vous. De mentir. Je n'ai rien fait pour vous empêcher de retourner à Florence...»

Il pressa deux doigts contre ses lèvres pour l'empêcher de continuer.

"Silence. Tu as fait quelque chose. Tu m'as forcé à rester juste à cause de qui tu es. Je ne pouvais pas partir sans te revoir."

Pourtant, elle doutait qu'il ait raison et se sentait tellement coupable à l'intérieur.

Pour apaiser le moment, elle sourit à nouveau et tendit la main pour rencontrer son baiser.

"Avez-vous déjà été dans un splash?"

Elle lui a demandé, après qu'ils aient écarté leurs lèvres.

"Qu'est-ce que c'est qu'une éclaboussure?"

«Eh bien, évidemment, vous n'en êtes pas allé.

"Mais j'ai le sentiment que vous allez m'amener à un, non?"

Bridget hocha la tête avec un sourire malicieux.

Le pilote du remorqueur a accepté son paiement pour le voyage privé et les deux amoureux ont débarqué et sont montés dans la voiture qui les attendait.

Puis Bridget réalisa quelque chose pour lequel elle n'était pas tombée auparavant.

Le chauffeur était le même homme qui les avait conduits à la discothèque et les paroles de Jacky résonnaient dans sa tête.

"Le chauffeur fonctionne pour moi."

«Alors où maintenant? Demanda Leonardo.

Bridget regarda du siège arrière dans le rétroviseur du conducteur, le regardant.

Elle a été horrifiée quand elle a remarqué que le chauffeur en était conscient.

"Bridget? Ça va? Vous semblez avoir vu un fantôme ou quelque chose comme ça."

"Non! Je vais bien. Je pense que nous devrions retourner à mon appartement pour l'instant."

"Ça me va. Est-ce que ce splash viendra plus tard, peut-être?"

"Bien sûr."

* * *

Pendant le trajet dans la circulation matinale, le chauffeur continuait de la regarder de temps en temps, utilisant son miroir, et Bridget pouvait sentir leurs regards.

Leonardo n'était pas au courant de ce qui se passait, mais maintenant il était clair qu'il y avait un sentiment de danger.

Jacky et ceux qui travaillaient pour elle étaient capables de tout.

"Chauffeur? Ce n'est pas ainsi que nous sommes descendus ici." Leonardo a dit

«C'est un détour, monsieur, pour échapper au trafic lourd», répondit le chauffeur.

"Désolé, mais je suis un étranger dans cette ville, pardonne mon intrusion."

"C'est bien, monsieur, pas de problème."

Bridget serra fermement la main de Leonardo.

"Que se passe-t-il?" Demanda Leonardo.

Elle le regarda simplement avec une expression inquiète, se tenant encore plus fort.

"Dîtes-moi?"

«Peut-être que la dame ne se sent pas bien monsieur? demanda le chauffeur.

«Bridget, vous sentez-vous malade?

Soudain, la voiture a commencé à accélérer le long d'une route d'accès qui menait à une autoroute menant hors de la ville.

"Calmez-vous et je vous ramènerai à la maison en un rien de temps", a expliqué le chauffeur.

Leonardo a commencé à réaliser que quelque chose n'allait vraiment pas.

"Attendez. Où cela nous mène-t-il?"

"Maison."

"Ce n'est pas la façon de se rendre à l'appartement de Miss Baldwin."

«Ai-je dit que c'était votre maison, monsieur?

"Fais demi-tour maintenant!"

"Facile," répondit le conducteur, regardant maintenant Bridget carrément dans le rétroviseur avec un sourire malveillant sur le visage.

Elle ferma les yeux quand elle sentit la panique la frapper, mais elle se battit contre elle, elle devait être forte, une fois de plus elle avait compromis non seulement la vie de Léonard, mais aussi la sienne.

«Ne t'inquiète pas chérie, je vais régler ça dès que possible. Leonardo le rassura.

Le voyage les a conduits à la campagne et dans une maison en retrait sur une route de campagne tranquille.

La voiture s'est transformée en allée par des portes ouvertes et, au passage, les portes se sont automatiquement fermées derrière elles.

"À qui est-ce?"

«C'est ici que vit Jacky. Répondit Bridget.

* * *

La maison était grande et s'étendait sur un seul niveau.

La voiture s'est arrêtée à l'entrée principale.

Il y avait d'autres voitures garées à proximité de toutes sortes, y compris une Lamborghini verte distinctive.

Le chauffeur ouvrit les portes et Leonardo sursauta pour lui faire face, mais se retrouva retenu par deux hommes en costumes sombres qui semblaient surgir de nulle part.

Chacun le tenait par un de ses bras.

"Laisse-moi partir!"

«Oh s'il te plait, ne faisons pas d'histoires de tout ça.

Jacky quitta la maison par la porte d'entrée et se dirigea vers Leonardo.

«Laissez tomber, les garçons.

"La serveuse. Alors on se retrouve."

«Écoutez, je suis autant serveuse que vous êtes chirurgien neurologique. Mais ne discutons pas de ça maintenant. Bienvenue dans mon humble demeure, M. Biscas, j'ai attendu de vous revoir.

Bridget était assise dans la voiture.

Le chauffeur s'appuya contre la porte, attendant qu'elle sorte.

"Vas-tu y rester toute la journée?" Je demande.

Elle le regarda puis partit rapidement en claquant la porte.

"Leonardo, je suis désolé que cela ait dû arriver."

«Ne t'inquiète pas, Bridget, il semble que Jacky soit très déterminé à m'avoir comme invité. Il regarda Jacky et lui sourit. "J'espère que nous sommes les bienvenus."

"Bien sûr. Il y a une petite affaire inachevée à régler. Veuillez entrer."

L'intérieur de la maison avait l'air immense.

Ils suivirent leur hôtesse dans un salon décoré de peintures érotiques accrochées aux murs et d'une grande fenêtre qui s'étendait de mur en mur donnant sur une pelouse qui semblait durer éternellement.

Le soleil du matin est entré dans la pièce, la rendant aérée et lumineuse.

«S'il vous plaît, sentez-vous chez vous. Thomas récupérera vos manteaux.

Thomas, le serviteur nain, attendit que Leonardo et Bridget enlèvent leurs manteaux, puis quitta la pièce avec eux sur un bras.

Leonardo regarda le petit homme lutter un peu pour fermer la porte derrière lui.

"Vous avez une étrange façon d'inviter vos invités."

«Désolé pour ça. Mais c'était la seule façon dont je savais que tu pouvais être ici. Ça te dérangerait des rafraîchissements? Peut-être un petit-déjeuner?

"Non merci, nous avons déjà mangé." Répondit Bridget.

«Tu as une très belle maison, Jacky. Lui dit Léonard.

"Oui, ça l'est. C'est dommage que vous n'ayez pas pu venir la voir il y a douze ans." Répondit Jacky.

"Oh oui, j'ai été invité par Jane, mais j'avais autre chose à faire."

«Pourquoi sommes-nous ici Jacky? Demanda Bridget, coupant la conversation pour éviter de nouveaux malentendus qui pourraient recommencer à refaire surface.

"Eh bien, j'ai pensé qu'un peu de plaisir pourrait être pertinent."

«Ce que tu veux dire, c'est que tu veux me tuer? Dit Leonardo.

Maintenant, il s'était adapté au fait qu'ils avaient tous les deux été kidnappés.

"Est-ce que j'ai dit ca?" Demanda Jacky. "Vous avez vraiment une très mauvaise opinion de moi, Leonardo. Je suis très déçu de vous."

«Il connaît la lettre bombe, Jacky. Bridget a expliqué.

«Et tu lui as tout raconté sur notre petit plan, je suppose.

"Tout ce que j'avais besoin de savoir."

«Tu sais, c'était un très bon plan si je pouvais tout seul. Et c'est dommage que ça ne soit jamais arrivé. Et Bridget, tu étais le maillon le plus faible.

"Alors tu as l'intention de t'amuser avec nous?" Demanda Leonardo. "Comme l'autre soir?"

"Vous l'avez apprécié."

"Peut-être que je l'ai fait. J'adore les caresses d'une belle femme, en particulier celle qui me fait finir comme toi. Et à la sensation de tes doigts, je pouvais aussi détecter que tu aimais aussi ça. Ta main tremblait, peut-être avec le Je souhaite que notre jeu aille plus loin. "

Jacky sourit et s'approcha de Leonardo.

Elle fit courir son doigt sur sa cuisse et s'arrêta à son aine.

"J'adore quand je fais jouir un homme. Cela me donne un sentiment de contrôle et de domination sur lui."

"Comme quelqu'un d'autre que j'ai connu une fois." Répondit Léonard en souriant.

"Oui. Mais cette autre personne a écrit dans son journal ce que tu lui as fait."

«Elle voulait ces choses. Vous pouvez sûrement comprendre cela.

"De quoi parlez-vous tous les deux?" Demanda Bridget. Elle se sentait exclue de la conversation et voulait rester consciente de la situation qui se déroulait.

Jane et Leonardo. Répondit Jacky.

"Quelle chose?"

"Nos petits jeux privés". Répondit Léonard.

Lui et Jacky ont été pris en contact visuel comme s'ils communiquaient avec des esprits s'excluant l'un l'autre, mais ils étaient simplement enfermés dans un état d'auto-amélioration verbale, attendant l'un de l'autre pour faire un autre commentaire.

"J'ai lu les dernières entrées de son journal." Expliqua Jacky. "Quelle a été l'argumentation la nuit où vous l'avez poussée sur le côté du yacht?"

«Je ne l'ai pas poussée. Elle a quitté le groupe pour retourner à notre chambre d'hôtel à terre. Puis, pour une raison quelconque, elle est restée, était ivre et s'est penchée sur la balustrade du yacht.

"C'est ce que vous voulez que nous croyions."

"C'est la vérité. Et de toute façon, ce qu'elle a écrit dans son journal sera de la pure fantaisie. Comme toi, Jacky, elle avait une imagination très folle."

"Attendre!" Bridget leva la main et les interrompit. "Pouvons-nous arriver à un accord ici? Oubliez le passé et le plan dans son ensemble? Nous allons arrêter d'y penser."

"Est-ce que c'est ce que tu veux?" Jacky a demandé en riant.

"Oui. Tout était fou et je pense aussi que ça devient incontrôlable."

"Je suis d'accord." Répondit Léonard.

"Pas moi. As-tu déjà pardonné à Angel?"

"J'ai été stupide." Répondit Bridget. "J'exagérais. Et d'ailleurs, personne n'a encore été blessé."

"Ok, laissons la question en suspens alors. Mais j'ai encore besoin de faire quelque chose."

Jacky sonna quatre fois une petite cloche en bronze et Thomas revint.

"Oui madame?"

Il s'inclina et se tint à côté de sa maîtresse.

Le large sourire avait de nouveau réapparu sur son visage, celui avec lequel Bridget s'était déjà familiarisé.

Il y avait quelque chose de méchant chez Thomas alors il a toujours aimé faire partie des petits jeux de Jacky.

"Avez-vous déjà préparé la salle spéciale?"

"Elle est prête."

"Bien. Alors je pense qu'il est temps de s'amuser. Voulez-vous tous les deux me suivre s'il vous plaît?"

Leonardo regarda Bridget avec un regard interrogateur.

Elle secoua la tête en réponse et ils suivirent tous les deux leur hôtesse et servante hors de la pièce.

Elle les conduisit dans les escaliers qui menaient au sous-sol puis dans une autre pièce.

À l'intérieur, la pièce était décorée comme un donjon.

Il y avait des chaînes suspendues aux murs de pierre gris et froids, une cage assez grande pour deux personnes et une table d'opération en acier inoxydable équipée d'étriers à une extrémité.

Le long d'un mur se trouvaient des casiers avec des fouets, des chaînes et divers autres instruments de douleur et de plaisir.

OMG j'aurais dû m'y attendre. Marmonna Leonardo.

"Impressionné?" Demanda Jacky en souriant.

"Il devrait être?"

Ce n'était pas nouveau pour Bridget.

En fait, elle a eu l'idée d'emmener Leonardo sur un site un peu similaire, mais peut-être pas aussi hostile ou aussi froid que celui-ci.

C'était un endroit que ses amis avaient pour le plaisir privé; frapper et fouetter.

Mais c'était un peu plus intimidant, plus scandaleux.

Elle n'avait vu que d'autres se livrer à de tels actes auparavant.

La proposition que j'allais lui faire était d'expérimenter un peu avec ça. Rien de plus.

«Jane a adoré cette pièce. Ça vous surprend, Leonardo? Demanda Jacky.

"Réelement non."

«Quand cette maison a été construite pour nous, elle avait préparé cette pièce pour ses amis. Puis, bien sûr, elle vous a rencontré, Leonardo. Sa voix avait tendance à résonner sur les murs pendant qu'elle parlait, marchant autour de Leonardo comme si elle le pesait.

«Puis j'ai découvert les choses qu'elle faisait ici. Ses jeux. J'ai vite réalisé que ma sœur était un peu étrange dans ses goûts sexuels. J'ai pensé que je pourrais même les essayer moi-même en grandissant. Et ainsi ressentir le genre de plaisir. que j'ai apprécié. "

"ET?" Demanda Leonardo.

"Profitez-en".

Jacky s'assit sur un tabouret et s'approcha de l'une des chaînes.

Il prit le bracelet dans sa main, sentant le métal froid entre ses doigts.

«J'ai appris à apprécier le plaisir que l'on peut tirer de la douleur et de la torture».

"Quelqu'un peut-il expliquer pourquoi nous sommes ici?" Demanda Bridget.

"Bien sûr. Je vais les laisser tous les deux partager ce plaisir." Jacky se dirigea vers Bridget et passa doucement sa main dans ses cheveux. «Je ne t'ai pas promis que Bridget te montrerait des choses? Je pense que tu es prête. Es-tu sûr que toi et Leonardo avez couché ensemble?

"Oui." Répondit Bridget.

Ses yeux regardaient Leonardo alors qu'il fixait Jacky alors qu'il détachait les boutons argentés, un par un, de la bandoulière de la robe de Bridget.

"Qu'es-tu en train de faire?"

"Je te prépare."

Jacky a continué sur l'autre sangle jusqu'à ce que le devant et le dos de la robe tombent, exposant le soutien-gorge en dentelle noire de Bridget.

Et une légère traction a envoyé la robe jusqu'aux chevilles.

Leonardo a continué à regarder Bridget rester dans ses sous-vêtements.

String et bas noirs soutenus par un porte-jarretelles qui complète la douceur de sa peau rose, presque impeccable.

"Est-ce que je t'ai déjà dit Bridget, est-ce que tu me rends très excitée?" Demanda Jacky.

Sa voix était maintenant presque un murmure alors qu'elle fixait les yeux bleus de Bridget, qui contenaient une certaine peur à l'intérieur.

Bridget regarda Leonardo, se demandant s'il allait arrêter cela quand Jacky desserra son soutien-gorge par l'avant et laissa ses seins fermes libres.

"Quels seins merveilleux tu as Bridget. Je t'aime."

Jacky prit doucement ses seins et les tint; passant délicatement ses pouces sur chaque mamelon et les regardant atteindre leur érection maximale.

Bridget ferma les yeux et sentit les mains froides de Jacky.

Elle n'avait jamais été touchée comme ça par une autre femme auparavant et d'une manière ou d'une autre, la sensation était étrange mais agréable.

"Ne t'inquiète pas, je ne vais pas te blesser. Je joue juste avec toi."

"Pourquoi fais-tu ça?"

«Parce que je te l'ai promis. Tu ne te souviens pas?

Jacky se tourna pour regarder Leonardo et se moqua de lui.

"Regardez-le? Il adore regarder. Je parie que sa bite est dure maintenant, voulant se sentir soulagé. Saviez-vous que Leonardo aimait regarder et se faire sucer en même temps?"

"Pour ça déjà." Répondit Léonard.

"Pourquoi devrais-je le faire?"

"Bridget, vas-tu me dire maintenant que tu ne veux pas que ça aille plus loin?" Je demande.

"Et si je dis non?" Bridget a répondu avec résignation. "Qu'allez-vous faire pour empêcher ce que vous voulez de se produire?"

6.

Bridget faisait face au mur lisse et gris.

Le bracelet en métal sur la manille se referma sur son poignet alors que Leonardo se recula, passant sa main sur ses fesses nues.

«Je promets que je ne vous attacherai pas trop fort», dit-il.

Elle lui faisait confiance, mais en même temps elle ne pouvait pas croire jusqu'où elle allait avec ça.

Lorsqu'il se retourna, Jacky pointa un petit pistolet sur lui.

"Attends! Maintenant c'est ton tour, Leonardo. Mettez-vous nu."

"Je ne pense pas qu'il y ait un besoin pour cette arme."

"Eh bien, cela me rend plus confiant qu'ils vont m'obéir." Jacky a répondu en caressant la détente.

«Tu ne me fais pas confiance, n'est-ce pas, Jacky? Tu dois me détester beaucoup.

"Je ne te déteste pas. J'aime juste jouer avec toi," sourit-il.

Leonardo commença lentement à se déshabiller tandis que Jacky était assis sur un tabouret en train de regarder.

Il pouvait voir qu'elle n'était pas habituée à utiliser une arme comme il la tenait.

Bien qu'il soit petit et léger, il semblait lourd dans sa main.

Elle le vit se déshabiller, en profiter.

Bridget essaya de regarder en arrière, les bras légèrement lâches, suspendus aux chaînes.

«Ça ne me dérange pas de jouer à tes jeux Jacky, mais c'est fou», commenta-t-elle.

"Pas vraiment. Vous n'êtes pas habitué à la domination, c'est tout."

"Une arme à feu? Ce n'est pas de la domination. C'est de la folie."

«Appelons ça un nouveau jouet. Et plus effrayant, ça rend le jeu plus intéressant, tu ne penses pas?

Quand Leonardo était nu, Jacky se leva et s'approcha de lui.

Il pointa l'arme sur sa poitrine, puis la glissa sur son nombril, puis au sommet de sa virilité, bondissant et menaçant.

«Maintenant, je comprends pourquoi Jane t'aimait tant», lui dit-elle. "Ce que vous avez là-bas est très intéressant."

"Je suis tellement contente que tu aimes ça." Leonardo sourit.

Il avait peur au plus profond de lui-même, mais il voulait le cacher, pas pour montrer à Jacky qu'il avait absolument le contrôle.

Mais elle était une experte en ce qui concerne la peur et la façon dont les hommes s'efforcent d'être courageux sous une telle pression.

Pour elle, cela faisait partie du jeu.

«Voyez-vous ce fouet dans le cabinet là-bas?

Leonardo leva les yeux et vit un fouet en cuir rouge suspendu à une poignée à crochet dans le placard ouvert.

Il avait de nombreuses queues qui rampaient sur près d'un mètre de long.

"Sors-le."

Il se dirigea vers l'armoire et la sortit, et faisant courir les queues entre ses doigts, il réalisa ce que cela signifiait.

«Ça fait du bien, n'est-ce pas, Leonardo? Demanda Jacky.

"S'il le fait".

«Jane a adoré, n'est-ce pas?

"Elle le voulait. Elle m'a supplié de le faire."

"Non. Elle vous a supplié d'arrêter, mais vous n'avez pas fait cette nuit-là, n'est-ce pas? Au lieu de cela, vous avez continué à la frapper et à la frapper jusqu'à ce que son dos commence à saigner. Vous l'avez emmenée au-delà des limites."

"Ce n'est pas vrai, Jacky," répondit-il, se tournant vers elle et remarquant l'angoisse dans ses yeux.

"Elle en voulait de plus en plus. Elle m'a forcé à le faire. Elle a dit qu'elle me quitterait si je ne le faisais pas. Je l'aimais tellement que je ne pouvais pas supporter que cela se produise. Alors j'ai continué jusqu'à ce qu'elle s'évanouisse."

"Ce n'est pas ce qu'il met dans son dernier message."

"Je te l'ai dit. Elle n'a écrit que des fantasmes dans son journal."

"Alors sur quoi vous êtes-vous disputé?" Jacky se tenait près de lui, exigeant.

"Ce n'était pas à propos de ça. C'était à propos de ses nouvelles idées et que je ne pouvais pas accepter."

"Quelles idées?"

«Elle voulait me partager avec un autre homme que moi. Et je ne voulais pas la partager avec quelqu'un d'autre.

"Suivre..."

Leonardo a commencé à raconter son histoire:

«Nous sommes arrivés à la fête sur le yacht et avons commencé à nous mêler aux autres invités. La robe qu'elle portait cachait ces terribles bosses sur le dos, mais il y avait encore une traînée de sang qui coulait à travers les vêtements. Je lui ai dit que la fête était terminée. C'était une mauvaise idée et nous devrions retourner à l'hôtel. Elle n'était pas d'accord et a commencé à parler à cet homme que nous avions rencontré au festival quelques jours plus tôt. Je les ai regardés tous les deux. Ils ont trouvé un endroit tranquille loin de la foule et il a commencé. pour jouer intimement. Il a remarqué les taches de sang noir à travers les vêtements et a visiblement demandé à ce sujet. Puis je les ai vus me regarder et alors qu'ils souriaient tous les deux, chuchotaient. J'ai imaginé de quoi ils parlaient. "

Bridget écouta attentivement.

Et maintenant, elle savait aussi ce que Jacky avait prévu pour elle et Leonardo dans ce donjon.

Léonard a poursuivi:

Petit à petit, et au fur et à mesure que la nuit avançait, Jane s'est soûlée. L'homme était toujours avec elle. Puis elle est revenue vers moi et m'a dit qu'elle l'avait invité à revenir plus tard dans notre chambre d'hôtel pour s'amuser. Cette fois, elle voulait quelque chose plus que de la douleur. Elle voulait que nous la baisions tous les deux en même temps. "

Jacky le regarda.

Son visage était triste de souvenirs.

«Et tu lui as évidemment dit non?

"Oui. Je lui ai dit que l'idée était folle et elle a dit qu'elle partait. Je savais que si elle y allait seule, elle pourrait garder un œil sur cet homme. Assurez-vous qu'il ne la suivrait pas au moins."

"Alors quand est-elle partie ...?"

"Personne ne savait qu'il était toujours là, marchant sur le pont en attendant son taxi. C'est à ce moment-là que cela s'est produit et personne ne le savait jusqu'à ce que je retourne à l'hôtel et que je trouve notre chambre vide. Je pensais qu'à la fin il avait rencontré l'autre personne, donc non Je n'ai pensé à rien de plus. Puis le matin ... "

"Je ne te crois toujours pas."

Leonardo prit une profonde inspiration et la regarda.

«Je ne m'attendais pas à ce que vous le fassiez.

"Alors il est temps pour toi de revivre cette nuit. Les moments dans la chambre d'hôtel avant la fête." Jacky se tourna pour regarder Bridget. «La voilà. La femme que tu aimes tant pour blesser et torturer.

"Non! Bridget est différente."

"Vraiment? C'est encore mieux. Je peux prendre plaisir à te voir la punir."

Bridget a commencé à combattre les chaînes, mais les menottes étaient refermées autour de ses poignets.

"Tu ne peux pas me forcer à faire ça, Jacky!" Elle a crié. "S'il vous plaît, ne lui faites pas faire ça, s'il vous plaît."

Leurs cris résonnaient désespérément autour des murs du donjon.

"Je ne vais pas le faire." Répondit Léonard.

Jacky le regarda puis pointa l'arme sur son visage.

"Oui, vous le ferez. C'est un cadeau pour vous deux. C'est un cadeau pour leur vie."

«Avez-vous l'intention de nous tuer tous les deux si je refuse?

"Je n'aurais pas de problème avec ça."

«Et jusqu'où veux-tu que j'aille, Jacky?

"Jusqu'à la fin".

Leonardo s'approcha du mur où il attrapa Bridget.

Il pouvait l'entendre pleurer, plein de peur de la douleur qu'elle anticipait déjà et de l'horreur que Léonard allait lui administrer.

Puis elle réalisa, réalisant en elle-même, qu'elle le méritait peut-être pour avoir planifié de le tuer lui et Angel, puis ses pleurs s'arrêtèrent.

«Je t'aime, Leonardo,» murmura-t-elle, son visage contre le mur, le tachant de ses larmes. "Et je te pardonnerai."

«Je ne peux pas te blesser intentionnellement, Bridget. Comprends-tu ça?

"Oui. Mais peut-être que je le mérite. C'est pourquoi je te pardonnerai."

"Non. Vous ne le méritez pas." Ses doigts ont tracé la ligne de sa colonne vertébrale. "Ce n'est pas ton truc, mais je suis faible." Il se retourna et regarda Jacky, assis et pointant toujours son arme sur lui, un sourire sur son visage. "Faible parce que je suis obligé de le faire."

Il recula, à mi-chemin entre Jacky et Bridget, le fouet à la main.

Puis il fit un pas sur le côté et sentit son poids, estimant le swing dont il aurait besoin pour effectuer le premier coup.

Il regarda vers la porte et leva lentement le bras.

"Je vois que tu es déjà un expert en whip. D'accord, ça pourrait être amusant." Commenta Jacky.

Il y avait une expression de concentration sur son visage et elle regarda Jacky du coin de l'œil.

Le fouet a volé dans les airs.

Pas contre Bridget, mais contre Jacky.

Les queues s'enroulèrent instantanément autour de son cou dans une prise enroulée, la prenant par surprise.

L'arme est tombée au sol et Leonardo s'est penchée pour la ramasser alors que Jacky tombait du tabouret.

"Connard!"

Jacky haleta.

La queue du fouet s'était recourbée si étroitement qu'elle restreignait presque sa respiration.

Leonardo se leva et la montra du doigt, tenant l'arme à deux mains.

"Comment ça se sent maintenant?" Je demande.

"Va te faire foutre!" Elle a répondu, démêlant les queues.

Ils avaient laissé des marques rouges autour de son cou, de douleur, mais sans trace de peau égratignée.

Elle s'assit et jeta le fouet loin d'elle.

"Non, Jacky. Peut-être que je devrais être celui qui te baise maintenant. La porte est fermée et personne ne peut rien entendre à l'extérieur ou au-dessus de nous."

"Leonardo! S'il vous plaît ne le faites pas!" Bridget a crié.

"Vous ne sortirez jamais vivant." Avertit Jacky. "Faites ce que vous voulez, mais ce sera le dernier. Pour vous deux."

Il recula, vers Bridget, et ouvrit l'une des menottes pour la libérer, afin qu'elle puisse enlever l'autre par elle-même.

"Fais-moi un faveur." Bridget se frotta les poignets et le regarda. «Montez et demandez à Thomas de se joindre à nous.

"Non pourquoi devrais-je?"

"Nous devons sortir d'ici."

"Vous n'allez pas lui faire de mal, n'est-ce pas?"

«J'essaierai de ne pas le faire.

Bridget courut vers la porte et l'ouvrit.

Elle était totalement nue, mais elle s'en fichait plus.

Il monta les escaliers en courant et trouva la porte du salon ouverte.

Thomas! elle a appelé.

Il attendait.

Un pistolet à la main pointé sur elle et ce sourire distinctif sur son visage.

Elle a remarqué la télévision et elle a montré la vision du donjon.

Thomas avait tout regardé dans le confort d'un fauteuil

7.

Thomas posa l'arme sur la table basse et regarda Bridget debout devant lui.

«Ne vous inquiétez pas, Miss Bridget, ce n'est pas chargé», dit-il.

Ses yeux parcoururent chaque centimètre carré de son corps nu avec admiration.

«Vous nous regardiez?

"Oui. Et filmer. La dame aime tout enregistrer. Il y a des caméras cachées partout dans cette maison."

"Vous devez nous aider à sortir d'ici."

"Désolé Miss Bridget, mais vous serez la seule à partir."

"Que veux-tu dire?"

Thomas sourit et ses yeux se posèrent sur quelqu'un derrière elle.

Il se retourna, mais seulement pour ressentir une vive douleur dans sa fesse qui semblait brûler comme le feu et le visage de l'un des gardes du corps regardant de derrière avec ses yeux bleus perçants.

"Quoi..."

«Fais de beaux rêves Miss Bridget ... fais de beaux rêves.

La voix de Thomas semblait résonner dans la pièce, autour de sa tête alors que le visage du garde du corps se tordait dans son champ de vision.

Un sentiment de calme l'envahit, et tout à coup tout autour d'elle sembla se fondre dans une brume grise et un agréable silence.

* * *

La limousine se dirigea lentement vers la ruelle du fond.

L'obscurité de la nuit a obligé le conducteur à éclairer la voie avec les gros phares allumés, puis s'est arrêté à la fin.

Deux gros silhouettes ont émergé de l'arrière de la voiture transportant un corps inerte qu'ils ont ensuite doucement fourré dans un tas de sacs à ordures en plastique.

Le corps s'enfonça dedans, disparaissant presque lorsque les sacs se refermèrent autour de lui, sous son poids.

Les personnages recula et, aussi tranquillement qu'ils étaient partis, ils regagnèrent la voiture.

Il recula dans l'allée et s'éloigna.

* * *

L'aube répandit sa lumière dans toute la ville.

Le ramasseur d'ordures a marché le long de la ruelle vérifiant les sacs qui devaient être transférés dans le véhicule qui attendait au début de la ruelle, dans la rue.

Il se dirigea vers les sacs poubelles et leur donna des coups de pied, vérifiant leur poids, mais un bras mince tomba mollement vers lui.

Putain de merde! s'exclama-t-elle.

En regardant de plus près, il découvrit que le bras appartenait à une femme.

Il portait un manteau et ses longs cheveux bruns couvraient la majeure partie de son visage.

De sa main gantée, il repoussa ses cheveux et la regarda.

"Oh les gars! Aidez-moi!" le cri.

* * *

Bridget ouvrit les yeux.

Le vert pâle du plafond fut la première chose qu'il vit quand ses yeux se focalisèrent, suivi par le son d'un bip constant qui devait être son rythme cardiaque.

Elle s'est retrouvée allongée sur un matelas et n'a ressenti aucun chagrin immédiat, mais il y avait un sentiment interne de peur et d'inconscience qui a commencé à se manifester lorsque le reste de ses sens a commencé à s'éveiller.

"Où suis-je? Quelqu'un m'aide."

"C'est bien."

C'était la voix d'une personne qui s'approchait d'elle, puis elle a vu le visage de quelqu'un qui la regardait avec un sourire.

La forme familière du bonnet blanc des infirmières lui donnait une certaine sécurité.

"Reste calme, chérie, tout va bien."

"Où suis-je?"

"Vous êtes en sécurité. Essayez de rester calme, tout va bien." L'infirmière passa ses doigts sur le visage de Bridget. "Vous êtes à l'hôpital de la ville et tout ira bien."

"Leonardo? Où est Leonardo?"

«Je vais envoyer chercher le médecin. S'il vous plaît, restez calme.

* * *

Bridget était allongée sur le lit d'hôpital et regardait le médecin.

Son apparence mature mais belle la faisait se sentir en sécurité au moins lorsque son stéthoscope toucha sa poitrine.

L'infirmière était derrière lui et lui envoyait un sourire rassurant, lui disant que tout allait bien et en ordre.

Il regarda ses seins fermes et ses tétons dressés alors qu'elle se penchait en arrière, alors elle ferma lentement ses vêtements pour les couvrir.

"Ce sera bien mademoiselle. Tout semble normal."

«Mais je ne me souviens toujours pas comment je suis arrivée ici», lui dit-elle.

"Tout vous reviendra à temps. Tout ce que vous avez à faire maintenant est de vous reposer."

"Je me souviens du nom d'une personne, c'est tout. Je ne connais même pas mon propre nom."

«Est-ce que le nom de cette personne serait Leonardo?

"Oui. Mais je ne sais pas exactement qui il est. Tout ce que je peux voir dans mon esprit, c'est son visage et son nom, mais rien d'autre."

"Comme je l'ai dit ..." il posa doucement sa main sur la sienne, "... tout cela vous reviendra. Reposez-vous pour l'instant et donnez-vous du temps."

Le médecin lui sourit et se leva.

Son grand corps s'élevait au-dessus d'elle et même celui de la petite infirmière à côté de lui.

«Nous avons vérifié d'autres choses qui auraient pu lui arriver. Au moins, il semble qu'il n'a pas été agressé sexuellement, ce qui devrait être un soulagement pour vous.

"Oui. Mais me souvenir comment je suis arrivé ici en premier lieu m'aiderait aussi."

"Eh bien, je pense que je pourrais faire la lumière là-dessus," continua l'infirmière. "Même si elle était presque nue quand ils vous ont trouvé dans la ruelle, le manteau qu'elle portait était une marque de créateurs très chère. Et son nom était cousu à l'intérieur."

"Mon nom?"

«Je ne me souviens pas si qui est censée être Bridget Baldwin vous ressemble, mais c'était le nom à l'intérieur du manteau. Un mannequin, si je me souviens bien?

La mention du nom Bridget lui donna une sensation de chaleur au plus profond de lui.

Malgré le fait que c'était son propre nom, sa mémoire ne le reconnaissait pas comme tel, même si son son semblait déclencher quelque chose dans sa conscience la plus profonde.

"Vous avez un visiteur, mademoiselle", a expliqué l'infirmière. "L'inspecteur de police Robert Harris. Mais je vous suggère de ne lui parler que si vous vous sentez suffisamment bien."

"Exactement," répondit le médecin. «Il a besoin de se reposer. Il pourra te parler plus tard.

"Ne pas." Bridget s'installe pour s'asseoir. "Je veux le voir maintenant".

"OK. Mais demandez-lui de partir si c'est trop stressant pour lui, d'accord?"

"Ne t'inquiète pas, je le ferai."

Les médecins sont partis et, pendant un bref instant, Bridget a commencé à voir des images glisser dans son esprit.

Des souvenirs s'éveillaient en elle comme si le visage de Leonardo la regardait alors qu'il insérait son membre en elle.

Elle le ressentait comme si c'était si réel.

Puis les images se sont à nouveau fanées aussi vite qu'elles sont venues lorsque la porte de sa chambre s'est ouverte.

"Oh mon Dieu! Je ne peux pas y croire," dit l'homme d'âge moyen en la regardant fixement. "Je suis Bobby Harris." Il leva son badge confirmant qui il était, mais trop loin pour qu'elle puisse voir clairement. «Vous êtes Miss Baldwin. Je le savais.

Harris prit une chaise et s'assit à côté du lit.

Bridget le regarda, jouant avec ses mots dans son esprit; "Vous êtes Miss Baldwin."

Son visage s'illumina d'un sourire alors qu'il sortait un bloc-notes de la poche de sa veste et en feuilletait les pages.

"Pardon? Tu as dit que j'étais ...?"

"C'est vrai. Vous êtes Bridget Baldwin. Le top model."

"Vraiment?"

"Vous pouvez parier dessus. Je sais que vous avez des problèmes de mémoire en ce moment, mais le médecin a dit que vous vous rétabliriez progressivement. Alors j'ai pensé que venir ici pour me présenter était la bonne chose à faire. J'espère que cela ne vous dérange pas, mademoiselle."

"Non, ça ne me dérange pas".

La nouvelle de son identité l'a stupéfaite.

Elle a commencé à supposer avec ses pensées qui elle était vraiment.

Et de penser comment un mannequin comme elle, ne portant qu'un manteau et rien d'autre, aurait pu être jeté dans une ruelle.

"Juste pour récapituler. Tu te souviens de quelque chose?" Je demande.

"Oui. Une seule personne."

«Et qui pourrait être cette personne si je peux demander?

"Leonardo".

"Un homme? Vous souvenez-vous d'un homme nommé Leonardo? Autre chose?"

"C'est ça. Rien d'autre."

L'inspecteur la regarda.

Ses vêtements s'étaient légèrement séparés alors qu'elle se levait du lit, révélant la forme sinueuse de ses seins et son regard tomba sur eux.

«Tu ne sais pas qui est cet homme?

"Non. Tout ce que je sais, c'est son nom et je peux voir son visage me regarder dans mon esprit."

"La description?"

"Il est beau ...".

Pendant un bref instant, le souvenir de lui en train de faire l'amour lui revint.

"...il est..."

"Oui?" demanda l'inspecteur.

Ses yeux regardèrent de plus près la robe ouverte.

Maintenant, il pouvait voir le léger soupçon de son mamelon, mais il réalisa aussitôt qu'elle le regardait alors qu'il se remettait de sa mémoire spontanée et excitante.

"Je pense que c'est quelqu'un que je connais très bien."

"Je vois déjà." Il feuilleta son carnet et trouva ensuite ce qu'il cherchait. «Cette personne serait-elle Leonardo Biscas?

"Peut-être. Je ne suis pas sûr. Qui est-il?"

"D'accord, Miss Bridget. Je vais en rester là pour l'instant."

«Si je me souviens plus, je vous le ferai savoir, inspecteur.

"Bien. Une dernière chose avant que je te laisse te reposer? Tu te souviens de quelqu'un du nom de Michelangelo Andreotti?"

"Non, désolé, je ne me souviens pas avoir entendu ce nom." Elle répondit.

"C'est bien."

L'inspecteur se leva, posa sa main sur son épaule et le remercia pour le bref entretien.

D'où elle était, elle a réussi à voir plus de ses seins sous la robe partiellement ouverte.

Il a souri et a dit qu'il reviendrait bientôt.

Mais avant qu'il ne ferme la porte derrière lui, elle lui a demandé:

"Tu ne peux pas me donner des informations sur moi? J'ai besoin de savoir qui je suis!"

«Je suis désolé, Miss Baldwin. Le médecin a dit qu'elle se rétablirait mieux si elle n'était pas trop surprise. Je ne veux pas changer les choses. Je la reverrai très bientôt.

8.

La visite rapide de l'inspecteur a laissé Bridget réfléchir.

Il n'y avait toujours rien à quoi s'accrocher pour retrouver sa mémoire perdue ce dernier jour.

Et la nuit, pendant qu'il dormait, il ne pouvait que rêver que Léonard lui faisait l'amour encore et encore.

L'infirmière entra dans la pièce et la regarda gémir et se tortiller pendant qu'elle dormait, revivant clairement chaque instant de l'événement dans son esprit.

L'infirmière brossa doucement les cheveux de Bridget pour qu'elle se calme.

Sa langue lécha ses lèvres comme si elle cherchait à embrasser et caresser les lèvres de son amant de rêve.

Puis elle resta immobile une fois de plus, chuchotant le nom "Leonardo" à plusieurs reprises jusqu'à ce qu'elle disparaisse dans un rêve silencieux.

Le lendemain, Bridget a pris un bain de savon et d'eau relaxant, tout en se lavant avec un gant de bain.

Soudain, il se souvint de quelque chose comme si cela venait de nulle part.

«Leonardo? chuchota-t-elle pour elle-même.

D'autres choses commencèrent à lui revenir en succession rapide; Jacky et la maison, le donjon, son propre appartement.

Elle sortit de la baignoire en saisissant rapidement le peignoir.

"Infirmière!"

Elle se couvrit de son peignoir et entra dans sa chambre privée dans la panique.

L'infirmière la dévisagea et la prit doucement par les bras.

«Bridget? Qu'est-ce qui ne va pas?

"Je me suis souvenu de tout. Je dois sortir d'ici, tout de suite!"

"Vous ne pouvez pas le faire. Vous avez encore besoin de vous reposer."

"Non! Je dois y aller maintenant. Leonardo est en danger! Prends mes vêtements!"

"Votre agent ne les a pas encore amenés. Pas avant cet après-midi."

"Alors trouve-m'en un autre! J'ai besoin de vêtements maintenant!"

Le médecin entra et courut vers Bridget.

Ensemble, lui et l'infirmière l'ont maintenue et l'ont installée sur le lit.

«Miss Baldwin, veuillez essayer de vous calmer. Ce n'est pas bon pour vous.

"Mais j'ai besoin de sortir d'ici. Leonardo est en danger, il a besoin de mon aide."

"Non, pour le moment, il ne peut pas aider. Il a besoin de se détendre."

Le médecin fit signe à l'infirmière de fouiller sur un plateau près du lit.

«Je vais vous donner quelque chose qui vous aidera à vous détendre.

"Non, s'il vous plaît, je dois y aller maintenant. S'il vous plaît, je vous supplie de me laisser partir."

L'infirmière a purgé l'hypodermique pendant que le médecin tenait les bras de Bridget.

Elle regarda l'aiguille menaçante s'approcher d'elle et pleura.

"Non! Non, s'il vous plaît ne me faites pas ça!"

Puis une vive douleur a frappé son bras lorsque l'infirmière a administré le médicament.

En quelques secondes, Bridget s'était calmée.

Son corps fatigué gisait sur le lit alors que le médecin et l'infirmière la regardaient.

***

Les portes de l'ascenseur se fermèrent avec un sifflement presque silencieux.

L'inspecteur Bobby était à l'intérieur, alors que l'ascenseur montait, écoutant de la douce musique jazz par les haut-parleurs et regardant les photographies sur les trois murs de l'ascenseur des mannequins qui avaient traversé l'agence.

Il vit l'un des Bridget et se sourit.

Puis une cloche sonna et les portes s'ouvrirent à la réception.

Un voyage qui avait conduit au treizième étage.

"Bonjour, Calvin Arte Creativo, puis-je vous aider?" demanda la réceptionniste.

Elle a presque chanté les mots comme si c'était une chanson qu'elle avait apprise.

Bobby sortit son badge et regarda la petite blonde.

Elle lui sourit avec des lèvres rouges.

«Je suis ici pour voir M. Calvin. Inspecteur Harris, police de la ville.

«Merci, asseyez-vous, monsieur.

Il hocha la tête poliment et s'assit dans l'un des nombreux sièges vides et regarda les portraits de mannequins de différentes tailles sur les murs, à la recherche d'un peu plus de Bridget.

La réceptionniste le regardait d'un air penaud, essayant de ne pas trop attirer l'attention, mais Bobby avait déjà remarqué que ses jambes fines et lisses sous le bureau disparaissaient au-delà de l'ourlet d'une jupe serrée.

Il essaya de deviner son âge, mais c'était difficile car le maquillage qu'il portait donnait une fausse impression.

Il y avait un buzz.

"M. Calvin va vous voir maintenant, vous pouvez entrer."

Bobby se leva et se dirigea vers la porte, frappant deux fois avant d'entrer.

La réceptionniste a regardé attentivement et les deux sourires échangés.

Burt Calvin, assis à son bureau, parlait à quelqu'un au téléphone.

Le paysage urbain derrière lui à travers la grande fenêtre du bureau donnait une indication de leur hauteur.

Calvin fit signe à l'inspecteur de s'asseoir avec son doigt agité.

"Non, je ne peux pas accepter ça, et tu en connais les raisons."

Calvin a parlé avec arrogance au téléphone.

"Je n'ai pas l'habitude de jeter des millions de dollars dans les égouts. Résolvez-le!"

Il raccrocha et regarda Bobby, puis se leva et tendit la main sur le bureau.

Calvin était un homme grand, au moins plus grand que Bobby de plusieurs centimètres.

Bienvenue à l'inspecteur Harris. Bobby lui serra la main, sentant sa forte emprise. "Que puis-je faire pour vous? Puis-je vous offrir quelque chose à boire?"

"Non, je vais bien. Je viens de déjeuner. C'est l'un de vos modèles, Miss Baldwin."

"Oh ouais, Bridget. Je ne peux pas comprendre ce qui s'est passé là-bas. La situation est si mystérieuse, tu ne crois pas?"

"Assez." Répondit Bobby. "Vous pouvez comprendre pourquoi la police enquête, j'imagine. Ce n'est pas tous les jours qu'un mannequin célèbre est découvert gisant dans une ruelle." Calvin lui offrit une cigarette dans une boîte en argent. "Non merci, j'essaye d'arrêter."

"Donc comment puis-je t'aider?"

«Connaissez-vous très bien Miss Baldwin, je pense? Pas seulement en tant que son agent?

"Oui. Nous nous connaissons depuis un certain temps. Je pense beaucoup à elle. J'ai toujours pris soin de ses besoins du mieux que je pouvais." Répondit Calvin.

"Depuis très longtemps?"

"Oui. Nous nous sommes rencontrés juste après la mort de son père. Sur Internet, croyez-le ou non. Il possédait l'un des sites qu'il visitait fréquemment et nous sommes devenus de très bons amis."

"J'ai déjà découvert ça. L'avez-vous découverte comme mannequin là aussi?"

"En effet. Mais ce n'est pas pertinent dans ce cas. Comment puis-je vous aider?"

Bobby sortit son cahier et feuilleta les pages.

"Quand l'as-tu vue pour la dernière fois?" Ses notes semblaient désordonnées alors qu'il cherchait parmi elles. "Oh oui, c'était il y a cinq jours, n'est-ce pas? J'ai une note ici qui dit que vous vous êtes disputé tous les deux."

"Désolé, je ne me souviens pas avoir eu une dispute avec elle. Où exactement?"

"Dans une boîte de nuit, les Gobelins. J'ai enquêté sur ce matin. Êtes-vous toujours très proches?"

"Proche? Nous sommes amis, oui. Ce n'était pas une discussion, Inspecteur. Nous n'étions tout simplement pas d'accord, comme il semble que nous le faisons toujours. Elle n'a pas suivi mon conseil de ne pas rencontrer une certaine personne. Je dois prendre soin de leurs intérêts, ainsi que votre bien-être ".

"Bien sûr." Bobby sourit. "Cette personne était un publicitaire italien? Un certain M. Leonardo Biscas?"

"Oui. Ce n'est pas une bonne idée pour sa carrière, à mon avis. Mais elle idolâtre cet homme et il se peut qu'il y ait eu un intérêt personnel pour cette réunion."

« Avez-vous déjà rencontré Biscas?

« À certaines occasions, oui. En fait, il y a de nombreuses années, une de mes mannequins a eu un malheureux accident. Elle est décédée. Leonardo Biscas sortait avec elle à l'époque et a été impliqué dans sa mort. Calvin désigna un portrait sur le mur d'une jeune fille aux cheveux noirs. Bobby leva les yeux vers l'image. "Elle a été un atout important pour nous. C'était une triste et grande perte comme j'imagine qu'elle le comprend."

"Très bien. Je veux dire que la fille était très jolie. Serait-elle Jane Carrington?"

"Oui. Vous vous souvenez d'elle?"

"Ne pas." Répondit Bobby. "D'un autre côté, ils se ressemblent tous. Je n'ai jamais suivi l'industrie de la mode jusqu'à présent. Je prends tous ces magazines et ils ressemblent à des mannequins vivants." Bobby toussa, notant que Calvin n'était pas très impressionné par son commentaire.

«Puis-je vous demander quelque chose, Inspecteur? Avez-vous une idée de la façon dont vous êtes entré dans cette ruelle? Demanda Calvin, permettant un changement de sujet.

"Pas encore. Mais je finirai par le faire."

"Pensez-vous que Leonardo Biscas a quelque chose à voir avec ça?"

"Intéressant que je le mentionne. Pensez-vous que j'aurais pu l'avoir?"

«Parce que je devrais?

"Je pensais qu'il pourrait y avoir une raison pour ..."

"Non. C'était juste une ligne de pensée." Calvin répondit rapidement.

Bobby hocha la tête et sourit.

"De là, vous avez une belle vue sur les montagnes. J'adore la vue. Avez-vous délibérément choisi cet espace de bureau à cause de la vue?"

"Pas vraiment. Y a-t-il autre chose que je puisse faire pour vous?"

«Avez-vous récupéré Mlle Baldwin ce soir à l'hôpital?

"Oui. Elle va mieux avec moi et je me suis arrangé pour qu'elle se repose chez moi. Le médecin m'a dit qu'elle récupérait sa mémoire. Malheureusement, elle est un peu frustrée pour le moment. Confuse. Son imagination lui joue aussi des tours, mais ils m'ont assuré que c'est ce qui arrive habituellement lorsque les gens surmontent l'amnésie. "

"Bien sûr. Le pentathol de sodium a cet effet."

"S'il le fait".

"Bien. J'apprécie votre temps, M. Calvin."

Bobby se leva et se pencha pour lui serrer la main à nouveau.

Calvin resta assis et le serra plus fort cette fois.

"Je te contacterai bientôt."

"Toujours prêt à aider à faire la lumière sur cette situation inhabituelle."

"Je l'espère, M. Calvin. C'est une situation très inhabituelle."

***

Bobby est retourné à son bureau au siège principal de la police de la ville.

Un bureau, une chaise, deux classeurs et un terminal informatique étaient tout ce qu'il avait dans une cabine divisée.

Il voulait fumer une cigarette, il voulait en regardant un paquet sur le dessus d'une des armoires, mais une voix a dit: "N'ose pas!"

Bobby se retourna et vit son partenaire, un jeune officier du renseignement qui lui avait été assigné depuis six mois, avec l'occasion de démontrer sa valeur en tant qu'enquêteur.

"Merde! Ça fait presque six heures maintenant." Répondit Bobby.

"Votre femme ne me remerciera pas si je vous laisse le faire", a ajouté le jeune officier. «En plus, tu dis que c'était six heures. Mais qui sait, tu aurais pu fumer un paquet entier pendant que tu étais absent.

«Carl, tu dois apprendre à me faire confiance. As-tu trouvé quelque chose?

Carl poussa doucement son patron sur le côté et prit le clavier de l'ordinateur.

"Vous allez adorer ça. Même pour le contenu du porno, sinon pour autre chose."

«Tu as une bonne opinion de moi, il me semble.

"Oui, mais tu ressembles à un vieux vert déguisé en policier."

Bobby agita doucement l'oreille de son jeune partenaire en réponse.

Ensuite, l'écran a pris vie avec des images de Bridget Baldwin.

"Voilà. Ce site est vieux. Il n'a pas été mis à jour depuis au moins trois ans."

Les images étaient de Bridget.

Elle pose dans plusieurs plans nus, de nature presque pornographique, montrant clairement ses beaux attributs intimes.

Bobby s'assit sur une chaise grinçante et parcourut les photos.

«Est-ce ce qu'elle a fait avant de devenir célèbre?

"Eh bien, ce n'est pas mal du tout. Bonne mine." Répondit Carl. "C'est une façon pour les modèles de se démarquer."

"Je me demande pourquoi elle ne les a pas enlevés?"

"Le site appartient à Calvin Arte Creativo. C'est un site mort en ce qui concerne les nouveautés, mais sa gestion est toujours active comme vous pouvez le voir."

"Et un site d'accès gratuit aussi?" Demanda Bobby.

"Oui. J'étais lié à un site de chat qui est maintenant interrompu."

"Intéressant! Carl, prends le reste de la journée."

«Pourquoi est-ce que je ne peux pas te voir sortir une cigarette, tu veux dire?

9.

Bridget mordit dans un morceau de pain et regarda les autres autour de la table.

Calvin était assis à la tête de la table, jouant son rôle de patriarche de famille avec sa femme, Gaby, à ses côtés.

Le claquement de l'acier contre la porcelaine sur les assiettes était le seul bruit entendu lorsque la famille mangeait en silence.

Les deux filles adolescentes de Calvin se regardèrent, puis Bridget, comme si elles se cachaient un secret.

Elle ne se sentait pas à sa place, invitée à rester contre son gré et se forçant à le faire.

Depuis, dans son esprit, il savait qu'il y avait un autre endroit où il avait besoin d'être.

«Tout va bien, Bridget? Demanda Calvin en prenant une gorgée de vin.

"Oui, merci. Je n'ai pas très faim." Il a répondu avec un sourire.

Les deux filles rirent et se turent alors que Calvin leur lançait un regard sévère.

"Je pense que j'ai besoin d'aller me coucher."

"Fatigué?" Je demande.

"Vous avez vécu beaucoup de choses." Commenta Gaby. "Vous devez être épuisé. Mais vous pouvez vous reposer pendant que vous êtes ici pendant quelques jours. C'est très calme."

"Pardonne-moi." Bridget se leva de table et partit.

Calvin capta l'odeur de son odeur lorsqu'elle le dépassa, savourant sa douceur et tourmentant ses sens.

Il était ravi de savoir qu'elle était proche de lui, maintenant sous son toit et partageant à la maison.

Quelque chose qu'il avait toujours voulu, puisqu'elle n'était pas seulement une amie, mais aussi quelqu'un qu'il admirait et aimait depuis leur rencontre.

C'était aussi quelqu'un dont il rêvait, lui faisant l'amour, mais il n'a jamais pu avoir le courage de lui demander.

Après le dîner, Calvin s'est excusé avec sa famille pour quitter la table.

Il monta le vieil escalier en chêne verni et se dirigea vers la chambre d'amis, frappant doucement à la porte.

"Avant."

La réponse qu'il voulait et c'était comme une invitation au paradis.

Il entra dans la pièce et trouva Bridget allongée sur le lit, regardant le plafond dans la douce lumière de la lampe de chevet.

Le son apaisant d'un opéra classique joué en arrière-plan.

Il ferma doucement la porte, puis s'assit à côté de lui.

«Comment tu te sens? Je demande.

"Je me sens bien." Bridget répondit, sans changer son regard.

«J'espère que cela ne vous a pas dérangé de vous inviter à revenir ici? J'ai pensé que ce serait mieux. Je peux leur demander de prendre soin de vous et de vous protéger. Sa main toucha son épaule, courant le long de sa robe jusqu'à sa poitrine. "Sais-tu ce que je ressens pour toi?"

"Oui." Elle retira sa main et se tourna sur le côté, loin de lui. Il se sentit rejeté. "J'apprécie votre gentillesse, mais vous avez d'autres raisons."

Il se leva et se dirigea vers la porte, puis s'arrêta.

«Tu sais ce que je ressens pour toi. Je ne peux pas arrêter de t'aimer. Tu as ressenti la même chose une fois, mais tu as changé d'avis pour une raison inconnue. J'aurais aimé savoir quelle est cette raison.

«Vous me faites peur,» répondit-elle.

«Mais pourquoi? Je ne t'ai même pas obligé à le faire. Je ne t'ai jamais fait de mal ni voulu te blesser.

"Tu es tellement possessif. Je n'aime pas ça. Je n'ai jamais aimé ça."

"Tu compte beaucoup pour moi. Je ferais n'importe quoi pour toi. N'importe quoi."

"Alors laisse-moi trouver Leonardo."

"Tu veux aller en Italie? Parce que c'est là que c'est maintenant."

«Je ne crois en aucun de vous. Je sais qu'il est toujours là, dans cette maison. Peut-être en danger.

"Vous pouvez demander à la police. Je suis sûr qu'ils ont fouillé la maison." Il revint à ses côtés. "Vous devez le croire. Je l'ai vérifié moi-même. Il a pris un vol ce matin pour Rome. Comment puis-je vous faire croire cela?"

"Vous ne pouvez pas, personne ne peut. Je sais seulement ce que je sais."

«Vous vous remettez toujours de ce qui s'est passé. L'homme vous a abandonné, vous a laissé mourir dans une ruelle pour ce que nous savons. Ce qui se passe, c'est que vous ne pouvez pas vous habituer à l'idée de cela.

Bridget se tourna pour le regarder.

Des larmes coulaient sur son visage, avec des mèches de cheveux pressées contre ses joues et une que Calvin était tenté de retirer doucement, mais n'osait pas à cause de son éventuel rejet.

"Chérie, j'enverrai deux de mes hommes le matin pour vérifier la maison. Je le promets."

"Il est peut-être trop tard pour ce moment. Il est peut-être trop tard même maintenant."

"Chérie, je ne peux faire que ce que je peux dans ces circonstances. Le médecin a dit que tu aurais ces flashbacks et que certains d'entre eux ne seraient même pas réels. J'ai passé en revue la situation des Biscas et c'est tout ce que nous savons."

"Pour moi, c'était réel. Je sais que c'était réel."

"Peut-être." Calvin sourit et leva la main pour toucher son visage. Bridget le regarda et sentit ses doigts bouger doucement contre sa peau humide. "Je t'aime Bridget," murmura-t-il.

Elle était attirée par lui.

À l'intérieur, elle l'aimait aussi, mais pas physiquement.

Son amour pour lui est né au moment où elle a permis à leurs âmes de se toucher sur Internet, à travers leurs terminaux informatiques, séparés par des centaines de kilomètres.

Ils ont fait l'amour cent fois d'une manière si tendre et romantique.

Mais après qu'ils se soient rencontrés physiquement, elle ne pouvait pas être aussi intime.

Calvin était frustré par cela parce qu'il voulait vraiment réaliser ses désirs désespérés.

Tout ce qu'il voulait, c'était vraiment lui faire l'amour, la toucher et la savourer comme il l'avait imaginé dans le passé et, plus que tout, la sentir proche de lui.

Leurs lèvres se touchèrent comme avant.

Le baiser était passionné, mais Bridget le rétracta.

"Ne pas!" Elle s'écarta, le ralentissant.

"Que se passe-t-il?" Je demande. «Pourquoi tu me fais ça?

Elle leva la main et la posa sur ses lèvres.

"Je ne peux pas". murmura-t-elle, la passion la traversant toujours, mais incapable de compléter la réponse qu'elle voulait et qu'il voulait tellement. "Je ... je ..."

"Quoi? Est-ce parce que tu es chez moi?"

"Non, je t'ai déçu. J'ai rompu ma promesse," répondit-elle.

"Promesse? Quelle promesse?"

Elle le regarda et il commença à se noyer dans ses incroyables yeux bleus, comme toujours.

«J'ai laissé Leonardo prendre ma virginité», lui dit-elle.

Il était surpris.

Mais alors cette promesse n'était pas une promesse qu'il pensait réelle.

Il doutait, dès le début, de sa confession qu'elle n'avait pas été touchée.

"Ce n'est pas important. L'important est que maintenant nous sommes ensemble."

Bridget se pencha en arrière et prit sa main, la plaçant sur sa poitrine.

Il pouvait sentir la dureté de son téton sous la robe et son cœur se mit à battre quand elle le regarda.

Sans hésitation, il grimpa sur elle et continua le baiser passionné qu'ils avaient commencé auparavant.

Bridget répondit en enroulant ses bras autour de lui, le rapprochant.

Sa main traça la forme de sa taille et de ses hanches jusqu'à ce qu'il trouve l'ourlet de la robe et la chair chaude de sa cuisse.

Doucement, ses doigts ressentirent cette chaleur et cette douceur alors qu'ils se déplaçaient sur sa peau.

Elle pouvait sentir la passion profonde dans son baiser et soudain, il franchit la barrière de l'incertitude, maintenant elle voulait qu'il la ressente, se sente satisfaite d'elle.

Le baiser se termina et elle le regarda, passant ses doigts dans ses cheveux à deux mains.

Elle voulait le dévorer et le consommer.

Le contact de ses doigts sur son aine provoqua un chatouillement dans son dos qui lui dit que tout allait bien et qu'il n'y avait aucun moyen d'arrêter ce qui pouvait arriver.

Calvin tira sur sa culotte à deux mains, les enlevant de ses jambes lisses et les mettant de côté.

Le doux parfum de son sexe frappa ses narines alors qu'il regardait son monticule soigneusement taillé.

Elle le regarda et attendit qu'il écarte les jambes, et abaissa lentement sa tête entre elles.

La sensation de son souffle contre elle la fit tomber de plus en plus profondément dans ses désirs passionnés.

Ce moment était sûrement arrivé, auquel il avait rêvé tant de fois.

Ses lèvres vaginales s'entrouvrirent, forcées de s'ouvrir doucement par la chaleur et pourtant l'humidité froide de sa langue.

Ses sentiments ont commencé à augmenter.

Il la lécha et la poussa avec une vigueur douce, la testant et caressant son clitoris avec sa langue, l'attirant plus près de lui alors qu'il criait pour plus.

Le clitoris était l'une des parties les plus sensibles de son corps.

En quelques minutes, elle a commencé à remarquer comment son orgasme s'était produit sans freinage possible.

Calvin ne put arrêter ses cris d'extase alors qu'il resserrait la couette avec ses doigts.

Il y avait un danger que sa famille l'entende crier, les alertant.

"Chérie ... pour ... pour ..."

Il la prit dans ses bras, la serra dans ses bras et la serra fort.

"Shhhhhh ... s'il te plait"

Elle commença à se calmer, revenant à la normale, écoutant sa voix chuchotante.

"Burt ... écoute-moi" haleta-t-il dans son oreille. "J'attends ça depuis si longtemps ..."

"Je sais. Je promets que je reviendrai plus tard. C'est trop risqué maintenant. Je dois y aller. Gaby et les filles vont se demander où je suis. Nous nous emportons tous les deux."

Bridget se pencha en arrière et le regarda.

Quand son doigt glissa sur ses lèvres, elle le mordit et le suça de manière ludique.

"J'attendrai," murmura-t-elle.

Son corps picotait, chaque terminaison nerveuse était hypersensible à ses touches, à sa présence même.

Plus tard, il ne fut pas en mesure de venir assez tôt car ils n'étaient pas seuls dans la maison et sa famille menaçait sa vie privée et bien qu'il la voulait là-bas, il avait quelque chose de plus important en tête.

* * *

Bobby se pencha en arrière sur sa chaise et regarda le paquet de cigarettes sur son bureau.

La tentation était grande, mais sa volonté était plus forte.

Elle arrêta de le regarder, ouvrit le dossier et sortit le fax que quelqu'un lui avait passé cet après-midi.

Il l'a lu pour la énième fois en essayant de comprendre ce qu'il disait.

"Harris, Biscas et Andreotti sont sains et saufs, mais pas pour toujours. L'action n'est pas finie et elle envisage d'aller plus loin avec ça. J'aurais aimé ne jamais l'avoir vue."

Le fax a été envoyé de manière anonyme en utilisant un bureau de communication publique de la ville.

La seule chose qui identifiait l'expéditeur était la signature «Mighty», mais cela ne signifiait rien pour Bobby.

Il regarda sa montre et décida qu'il était temps de terminer la journée.

Il éteignit la lampe au coin de son bureau et jeta un dernier coup d'œil à l'attrayant paquet de cigarettes.

* * *

Dans le parking à plusieurs étages, Bobby était sur le point d'ouvrir la portière de sa voiture lorsqu'une limousine noire s'arrêta à côté de lui.

La fenêtre s'ouvrit.

"Inspecteur?"

Bobby regarda vers la limousine et dirigea son regard vers le chauffeur.

«Vous avez cinq minutes?

"J'étais sur le point de rentrer chez moi. Mais je peux prendre cinq minutes de plus, bien sûr."

"Alors entre."

Bobby fit lentement le tour de la limousine jusqu'au siège passager et entra.

Le chauffeur serra les dents et tendit à Bobby une petite enveloppe blanche.

"C'est pour toi. Et je dois te dire autre chose."

"Est chaud."

"Biscas est toujours bien vivant, mais il n'est ni à Florence ni à Rome. C'est tout ce que je peux lui dire."

«Et qui êtes-vous, si je peux demander? Demanda Bobby.

"Ce n'est pas important. Je ne suis qu'un bienfaiteur."

Le chauffeur a allumé deux cigarettes et en a remis une à l'inspecteur.

«Allez, prends-le. On dirait que tu en as besoin. Je peux sentir ce besoin en toi.

Bobby l'a pris pendant que le chauffeur riait.

"J'ai essayé une fois de façon folle, mais je n'ai jamais eu la volonté d'arrêter."

Bobby l'a sucé et savouré le goût de la fumée.

"Tu vois, ça fait du bien, hein?"

"Bien sûr. Mais j'ai encore besoin de savoir qui est le bienfaiteur."

"Comme je l'ai dit, ce n'est pas important. Et autre chose ..."

"Vas-y, surprends-moi encore, quoi d'autre?"

"N'allez pas vérifier le dossier de ce véhicule, car il n'en a pas." Le chauffeur a ri. "Disons simplement que ce qu'il y a dans cette enveloppe est tout ce dont vous avez besoin pour continuer. Passez un bon après-midi, Inspecteur."

Dès que Bobby est sorti de la limousine, elle s'est enfuie, les pneus hurlant le long du sol en béton jusqu'à ce qu'elle disparaisse de la vue vers le niveau inférieur du parking.

Bobby regarda l'enveloppe et l'ouvrit.

Un pendentif avec un cœur en or et une chaîne lui tomba dans la main.

Les mots: «À Jane, avec amour, Leonardo» étaient gravés dessus.

Bobby le ramassa puis sourit à lui-même, savourant le dernier résidu de nicotine de sa cigarette.

10.

Calvin s'approcha de sa femme par derrière, la serrant étroitement dans ses bras alors qu'elle lavait la vaisselle, il lui donna un doux baiser sur la joue.

"Est-ce que tu vas bien chérie?"

Elle se tourna et se blottit contre son visage, lui rendant le geste aimant.

"Qu'est ce que c'est?" elle a demandé.

"Le quoi?"

Elle détecta quelque chose de familier, une odeur qui lui rappelait quelque chose.

L'odeur du sexe devait être impossible et elle rejeta rapidement cette pensée.

Calvin réalisa ce qu'il avait remarqué et s'éloigna doucement.

"Ce doit être la bisque de homard. C'était délicieux, chérie."

«Eh bien, pouvez-vous m'aider à ranger ces plats ou faire quelque chose pour réparer le lave-vaisselle dès que possible.»

"Ah! Et où sont les filles quand tu en as besoin?" il a demandé en plaisantant. "Ils semblent toujours disparaître quand il y a du travail à faire."

"Comment va notre invité au fait?" Demanda Gaby.

"Dormir. La meilleure façon de récupérer."

«Tu l'aimes beaucoup, n'est-ce pas?

"Je pense à son bien-être, oui. Il est l'un de mes plus grands atouts, ne l'oubliez pas."

"Et très joli." Gaby s'approcha de lui et passa ses bras autour de sa taille.

Calvin rit.

"J'ai remarqué. Mais, tu es le seul pour moi. Tu peux me croire."

***

Bridget ouvrit légèrement la porte de sa chambre pour écouter l'activité dans le reste de la maison.

Tout semblait calme.

Il sortit sur le palier et se dirigea vers la salle de bain.

"Salut tu vas bien?" dit une voix derrière elle.

Il n'avait pas réalisé que Susan, l'une des filles de Calvin, se tenait sur le palier.

"Je vais bien. Je vais juste prendre une douche rapide." Répondit Bridget.

"Je peux te demander quelque chose?"

"Bien sûr."

"Qu'est-ce que ça fait d'être un top model?" Bridget regarda Susan et sourit. Ses cheveux dorés ébouriffés tombaient en cascade sur ses épaules, encadrant son regard angélique. Elle ressemblait beaucoup à Burt, pensa Bridget. "C'est un travail difficile. Ce n'est pas toujours aussi glamour que certains le pensent."

«J'espère que vous comprenez que ce n'est pas que je veuille être mannequin. Je pense que c'est dégradant.

"Eh bien, oui et non. Je comprends votre point de vue, mais il est très nécessaire pour l'industrie de la mode d'avoir à la fois des modèles masculins et féminins pour afficher les vêtements et le maquillage ..."

"Oui, mais pour te montrer nu et tout. Tes seins et ta chatte exposés"

"Eh bien, ce n'est vraiment pas le cas."

"Mais tu l'as fait".

Bridget s'arrêta pour réfléchir. "Comment sais-tu ça?"

"Papa a beaucoup de photos de toi nu. Il les cache à maman. Je les ai vues dans son cabinet secret."

"Tu l'as fait?"

"Oui. Je sais comment entrer dans son bureau, dans son armoire secrète."

"Il le sait?"

«Voulez-vous lui dire que je vous l'ai dit? Susan eut un sourire narquois. «Tu ne me dérangerais pas, n'est-ce pas? Parce que si tu le faisais, je devrais tout dire à maman sur toi et papa.

«Dis-lui quoi, Susan? Bridget croisa les bras, commençant à se mettre en colère, mais essaya de le cacher. Il ne faisait aucun doute que Susan avait planifié cette petite rencontre avec une intention malveillante. "Que savez-vous exactement?"

"Je sais qu'il t'aime."

Bridget rit.

«Susan, ce n'est pas une chose secrète. Ton père connaît beaucoup de femmes qu'il prétend aimer.

«Ce n'est pas faire semblant. Il t'aime vraiment. J'ai lu son journal. Il a écrit que s'il le pouvait, il quitterait maman et te demanderait d'être sa femme.

Une fois de plus, Bridget s'arrêta pour réfléchir.

Il était si déconcertant d'imaginer que Burt laisserait jamais ces informations à la portée de ses propres enfants afin de les collecter aussi facilement.

Elle a soulevé un sourire en réponse.

«Est-ce que tu l'aimes Bridget?

"Ce n'est pas dans votre intérêt." Bridget se retourna et continua vers la salle de bain.

"Mais ça dérangerait maman si elle le découvrait."

«Alors ne lui dis pas.

Elle ferma la porte de la salle de bain derrière elle et attendit, écoutant pendant un moment pour voir si Susan tournait à l'extérieur sur le palier.

Puis elle souleva sa robe pour sortir le minuscule téléphone portable de sa discrète cachette dans sa culotte.

Elle saisit un numéro et attendit qu'il réponde.

Sans réponse.

Le téléphone qu'il a tenté de contacter était hors ligne.

"Bon sang!"

Il a essayé un autre numéro.

Cette fois, ils ont répondu.

«Bonjour? Jacky?

"Non. Qui est-ce?" La voix répondit.

«Thomas? C'est toi?

"Bien sûr que c'est moi. Miss Bridget, pourquoi m'appelez-vous?"

"Ai-je besoin de savoir ce qui se passe? Est-ce que Leonardo est toujours là?"

«Qui est Leonardo? Voulez-vous parler à Miss Jacky?

«Thomas, écoute-moi. Je sais ce qui s'est passé, je ne suis pas stupide. Alors s'il te plaît, n'essaye pas de comprendre que je suis une sorte d'idiot. Est-ce que Leonardo va bien?

"Mlle, je ne comprends pas. Qui est Leonardo? Je ne sais pas de qui il parle et Miss Jacky est très occupée en ce moment."

Bridget tendit le téléphone avec les deux mains à bout de bras et grogna, puis le porta de nouveau à son oreille.

"D'accord, joue à ce jeu stupide si nécessaire, mais je vais récupérer, je le jure."

Il le déconnecta et grogna à nouveau, frappant le mur de frustration.

On frappa à la porte.

«Ça va, mademoiselle? Demanda la voix de l'un des gardes.

"Oui, je vais prendre un bain."

"Je pensais avoir entendu des voix."

"Je chantais."

"Quand il est libre, nous devons parler."

"Oui, nous le ferons. Je pense que tu as besoin de savoir quelque chose."

* * *

Le chauffeur est retourné à la maison et est entré par les portes d'entrée.

Un des gardes du corps attendait.

Le chauffeur le regarda.

"Que regardes-tu?" »Demanda-t-il, puis se dirigea vers le salon les mains rentrées dans les poches de son pantalon.

Le garde du corps sourit simplement et le regarda entrer.

«Entrez Andy. Dit Jacky. "J'espère que vous avez livré mon message."

Elle était vêtue d'une jupe moulante en cuir rouge et d'une camisole assortie, les cheveux attachés en une longue queue de cheval qui lui tombait dans le dos.

Il traversa le carrelage vers son fidèle chauffeur et lui tendit un verre de vin rouge.

"Oui, je lui ai donné le message."

Andy prit le verre et la regarda.

Elle lui avait promis un cadeau spécial ce soir-là et il savait à la façon dont elle s'était habillée que la promesse flottait dans les airs.

Il n'avait jamais eu l'occasion d'être seul avec son patron.

Elle le regarda et lui adressa un sourire séduisant.

"Bon garçon. Je pense qu'il est temps de jouer."

Andy but le vin alors que ses doigts abaissaient lentement la fermeture éclair de son pantalon.

"Tu veux jouer, n'est-ce pas, Andy? C'est ta récompense, ton bonus pour un travail bien fait."

"Bien sûr." Il sourit et posa le verre sur la table à côté de lui et Jacky mit sa main à l'intérieur de son ouverture ouverte, sentant sa bite déjà dure. «Ne pouvons-nous pas utiliser votre chambre pour ça, mademoiselle?

"Parce que tu es timide?" Thomas se tenait près de la porte et regardait. «Est-ce que ça te rend nerveux, Andy?

"Oui, tu pourrais dire ça."

«Mmmm... on dirait que tu apprécies mes touches douces. Est-ce que tu aimes ça comme ça, Andy? Je parie que Thomas est aussi excité.

Il regarda son serviteur.

Thomas est resté immobile et sans expression.

Jacky prit Andy par la main et le conduisit à la chaise.

Elle s'assit et l'attira à sa taille, lui souriant alors qu'il débouclait sa ceinture et abaissait lentement son pantalon.

"Es-tu prêt pour ça?" elle a demandé.

Puis, lentement, elle enleva son short, libérant sa virilité.

Il pointa son visage, durement et palpitant.

"J'espère que vous me donnerez ce dont j'ai besoin."

Elle le caressa, passant ses doigts autour de lui et tirant le prépuce pour révéler sa tête appétissante.

Puis elle le prit dans sa bouche, le testa sensuellement avec sa langue et le lécha doucement sous son gland gonflé.

Andy poussa un soupir de reconnaissance, car l'action l'avait réchauffé encore plus.

Elle le prit de plus en plus profondément dans sa bouche jusqu'à ce qu'il soit presque complètement dévoré, tenant son scrotum et le pressant comme s'il purifiait ses testicules pour chaque goutte de sperme qu'il pouvait rassembler.

Ses soupirs se transformèrent en gémissements répétés, qui semblaient être au rythme de ses actions.

Le faire entrer et sortir lentement.

Andy tendit la main et tint ses épaules alors qu'il bougeait ses hanches, sa poussée parfaitement synchronisée avec son rythme, jusqu'à ce qu'il crie librement, laissant ses charges couler dans sa bouche.

Jacky avala chaque goutte alors que son sperme chaud inondait le fond de sa gorge avide.

Elle le lécha et sourit.

"Merci beaucoup mademoiselle, c'était très bien."

"Reposez-vous maintenant. J'ai besoin de vous pour un autre travail très important le matin."

Andy a remonté son pantalon et l'a ajusté pour quitter la pièce.

Il croisa Thomas à la porte et lui demanda.

"As-tu aimé nous regarder?" Thomas sourit puis se dirigea vers Jacky.

"Mademoiselle. Vous avez eu un appel plus tôt."

"Ah oui?" Jacky essuya lentement son visage avec une serviette douce. "A qui dois-je demander ou pas?"

"De Miss Bridget. Elle a demandé M. Leonardo. Puis je lui ai dit ce qu'elle m'avait ordonné de lui dire."

"C'est bien. Et avait-elle quelque chose à dire?"

"Oui. Qu'elle allait récupérer."

Jacky sourit et se leva de sa chaise, redressant sa jupe.

"Eh bien, je me demande ce que tu as en tête"

Il se dirigea lentement vers la porte, sa queue de cheval se balançant d'un côté à l'autre sur le dos.

«Suivez-moi, Thomas, j'ai besoin de votre aide dans le donjon et j'ai une agréable surprise pour vous.

Thomas sourit et la suivit, ses yeux fermement fixés sur ses hanches se balançant alors qu'il marchait.

* * *

Les yeux de Bridget ont commencé à se fermer.

Le doux concerto pour violon de Stravinski qu'elle écoutait la détendit alors qu'elle était étendue nue mais couverte dans son lit.

Il était tard et la visite promise de Calvin semblait ne jamais arriver jusqu'à ce que le doux coup à la porte la secoue.

Calvin entra tranquillement et dans la faible lumière de la lampe il put le voir.

Il s'est assis à vos côtés.

«Vous étiez endormi?

"Presque. Je pensais que tu avais oublié."

«J'ai dû attendre que Gaby dorme profondément. Il fit courir ses doigts sur son visage. "Tu ne sais pas ce que je ressens en ce moment. Je t'aime tellement."

«Vous tremblez.

"Oui, avec enthousiasme. C'est mon plus grand rêve devenu réalité."

Bridget lui prit le poignet et se leva.

La couverture qui la recouvrait glissa, révélant ses seins fermes qui semblaient beaucoup plus parfaits à la lumière de la lampe.

"Alors qu'est-ce qui était si urgent? Avez-vous dit que vous aviez besoin de parler?"

«J'espérais que vous vous joindriez à nous, donc je pourrais assurer Gaby.

«Assure-lui quoi?

«Que nous étions juste amis. Je n'ai pas besoin qu'elle pense que toi et moi...»

"Arrêtez!" Bridget retira sa main. «Voudriez-vous lui dire délibérément des mensonges pendant que je suis ici?

"Oui, pourquoi pas?"

Bridget détestait être une menteuse et, surtout, détestait davantage quand quelqu'un l'entraînait dans ses pièges trompeurs.

Calvin essaya à nouveau de la serrer dans ses bras, mais elle tressaillit, tenant à nouveau la couverture près d'elle.

"Chérie, quel est le problème?" Je demande.

"C'est faux. Tout ne semble pas bien."

"Que veux-tu dire?"

"Avant ..." Bridget expliqua sa conversation avec Susan plus tôt. «Saviez-vous qu'elle pouvait entrer dans votre bureau? Calvin se leva et s'appuya contre le mur en pensant. «Eh bien, le saviez-vous?

"Bon sang!" »il a chuchoté fortement en colère. "Non, je ne savais pas".

«Alors vous pensiez que tout était secret? Eh bien, détrompez-vous, Burt.

«Je suis désolé Bridget. Je suis complètement stupide et stupide. Je n'ai jamais réalisé que Susan venait dans mon bureau. Mais maintenant qu'elle soupçonne cela, je sais ce que tout va faire pour sauver notre mariage.

«En avez-vous besoin?

"Oui. Mais ce n'est pas pour toi et moi, ou ce que je ressens pour toi. C'est quelque chose qui dure depuis des années. Je suis désolé."

Calvin a ouvert la porte pour partir.

"Attendre!" Elle lui a demandé. "Je dois te demander quelque chose." Calvin resta immobile un moment, puis se tourna pour fermer la porte doucement. "J'ai besoin de réponses et je sais que vous les avez."

"Quoi qu'il en soit."

«As-tu quelque chose à voir avec tout ça? Avec Jacky?

«Si je vous dis ce que je sais, alors j'ai besoin que vous m'en teniez à l'écart. Comprenez-vous?

"Oui, vous avez ma parole."

Calvin s'assit sur le lit et expliqua: "Je savais que Leonardo et vous aviez pris des dispositions pour vous rencontrer. Ensuite, j'ai reçu un appel de Jacky. Elle m'a dit qui elle était et que vous lui aviez parlé et qu'elle avait fait des projets. Et je détestais Leonardo parce que je savais ce que tu ressentais pour lui. J'ai toujours su que tu avais ce désir de le rencontrer. J'ai toujours su qu'un jour il viendrait te voler.

«Et pour Jacky?

"Elle m'a demandé de me rencontrer pour que nous puissions parler. Nous l'avons fait et j'ai pensé que tout le plan que vous aviez était fou. Elle m'a tout dit. Je ne pouvais pas croire que vous ayez accepté ce plan d'assassiner Andreotti et Leonardo. Cela n'a pas de sens. «Je pensais que vous les admiriez tous les deux. Ensuite, j'ai essayé de vous arrêter, non seulement parce que j'étais jaloux, mais aussi parce que je savais que Jacky vous utilisait. C'est tout ce que je sais. La prochaine chose que je sais est arrivée, vous avez fini par perdre connaissance dans cette ruelle.

«Tu connaissais Jane aussi, n'est-ce pas?

«Oui, c'était il y a des années, avant de mourir. Répondit Calvin. "Parle-moi de ça"

«Que veux-tu savoir exactement, Bridget?

"Comment était Jane? Je veux dire, qu'est-ce qu'elle faisait vraiment?"

"Vous voulez dire ses habitudes et cette relation avec Leonardo?" Bridget lui fit signe de continuer; «Jane a été l'une de mes premières mannequins. Comme toi, je l'admirais beaucoup et, encore une fois, comme toi, Leonardo était sur la scène. Il l'a conquise, mais d'une certaine manière j'étais content qu'il l'ait fait. Il avait ces étranges habitudes de vouloir être C'est devenu un fait quand elle m'a demandé de concevoir un site Web pour elle. J'ai été surpris de ce qu'elle a fait. Je n'ai jamais pensé qu'une personne aussi belle qu'elle pourrait être intéressée par ce genre de chose. "

«Et Leonardo?

"A l'époque, il développait juste son entreprise. Je l'aidais avec quelques contacts et c'est ainsi que lui et Jane se sont rencontrés. Son parcours l'a intrigué et comment elle s'est lancée dans les choses qu'il faisait. Leonardo était curieux et avide de le découvrir. à propos de ces choses aussi. Je me suis souvent demandé s'il était également impliqué dans des relations sexuelles extrêmes et il s'est avéré que oui. "

"Qu'est-il arrivé?"

"Je les ai aidés à faire un film, j'ai organisé les séances photo. Puis l'accident s'est produit et ses parents m'ont demandé de supprimer le site Web et d'arrêter la diffusion de la vidéo. Ensuite, j'ai découvert que Leonardo était impliqué dans sa mort et qu'il était peu acquitté. plus tard. Mais j'ai appris que la sœur de Jane avait également été interrogée. Il s'est avéré qu'elle envoyait des menaces de mort à Leonardo. "

«N'as-tu pas pensé à ça quand elle t'a contacté?

"Bien sûr que je l'ai fait. C'est pourquoi je pensais que tout était fou. Mais attendez, Bridget, vous étiez avec elle sur ce plan. J'ai été surpris de penser que vous pouviez faire quelque chose comme ça. Je voulais vous protéger."

11.

Le donjon était froid et silencieux et Leonardo pouvait sentir ses poings s'enfoncer dans ses poignets à chaque fois qu'il bougeait.

Il ne pouvait pas parler et le seul son qu'il pouvait faire était des gémissements étouffés à l'intérieur du masque en caoutchouc serré qui couvrait toute sa tête, la bouche fermée.

Il était froid et nu, et il avait été contraint de rester suspendu par les poignets des chaînes qui le maintenaient dans cette position pendant des jours.

Il commença à perdre la notion du temps et le sommeil ne passait que par de courtes siestes, étant pris en charge par l'un des gardes du corps de temps en temps, pour être nourri, arrosé et lâcher sa vessie dans un seau lorsque le gardien le permettait. .

Jacky entra dans le donjon suivi de Thomas.

Leonardo la regarda marcher vers lui.

Il gémit quelques mots inintelligibles alors qu'elle se tenait devant lui, passant ses ongles sur la peau de sa poitrine.

«Et comment va mon invité aujourd'hui? Être bon, j'espère», a-t-elle demandé. Leonardo tira sur ses poings, mais ça lui faisait mal. Il avait déjà des écorchures qui lui faisaient mal et saignaient les poignets. "Es-tu prêt à jouer avec moi?" Elle recommença à le tenter en touchant sa queue molle. "Oh Leonardo, je sais que tu peux faire mieux que ça. Regarde-le, il est tellement pathétique." Ses yeux la regardèrent à travers les fentes du masque et elle lui sourit en retour, puis lécha ses lèvres sensuellement. Il se mit à gémir encore plus fort de frustration et elle se moqua de lui. «Je vais te laisser chercher un instant, Leonardo. Je pourrais te mettre dans une humeur ludique.

Elle se dirigea vers la table d'opération froide, retirant lentement sa jupe.

Thomas la dévisagea.

«Sais-tu ce que je vais te laisser faire, Thomas?

«Pas de dame.

"Vous aimerez ce que je vais vous laisser faire Thomas."

La jupe est tombée au sol et elle l'a enlevée de ses pieds.

Elle portait un string noir serré, qui serrait étroitement son aine.

"Nous pouvons montrer à nos invités à quel point nous aimons jouer tous les deux."

Il s'assit à la table, leva les jambes et posa fermement ses chevilles sur les étriers posés sur son dos.

"Thomas, tu sais quoi faire maintenant. Alors fais-le!"

Thomas ôta sa veste et retroussa les manches de sa chemise.

Puis elle a abaissé le string de Jacky, l'éloignant de son aine, exposant son sexe.

Leonardo n'a pas bronché quand Thomas s'est appuyé contre la table et a passé sa langue contre ses parties génitales ouvertes, écartant ses cuisses.

Elle pouvait sentir sa langue la goûter, boire son jus chaud dans sa bouche et sucer son clitoris sensible.

"Ooooh ouais! Thomas tu fais très bien, mmm ... s'il te plaît ne t'arrête pas."

Et Thomas ne voulait pas s'arrêter.

Doucement, il la laissa en extase orgasmique alors qu'il s'accrochait au bord de la table, poussant son aine plus près de lui alors que son orgasme se rapprochait de plus en plus de son sommet.

Elle le supplia de ne pas s'arrêter jusqu'à ce qu'il vienne enfin, hurlant de plaisir.

***

Bridget fit rapidement sa valise pendant que Calvin la regardait.

«Où pensez-vous que vous allez à cette heure? Je demande.

Il posa doucement ses mains sur sa taille nue et elle se tut et sentit ses mains la caresser.

«Bridget, je peux encore te protéger de tout ça. Fais-moi confiance.

"Comment? Tu l'as dit toi-même, je suis aussi fou que Jacky." Elle se tourna vers lui et le regarda droit dans les yeux. «Je ne sais même pas pourquoi je suis entré dans ça. J'étais stupide.

"Cela arrive. Je comprends pourquoi tu voulais la mort d'Andreotti. C'était une vengeance."

"Exactement. Je suis tout aussi fou, tout comme Jacky."

"Non, vous ne l'êtes pas." Il tendit la main et lui tint doucement les bras. "Elle est folle et très dangereuse. Tu souffres toujours pour ton père de ce que je soupçonne, et le chagrin peut te rendre fou à l'intérieur. Bridget, écoute-moi, je peux t'aider."

Elle était attirée par lui.

Ses lèvres se rapprochaient des siennes jusqu'à ce qu'elles se referment sur un baiser, devenant passionnées jusqu'à ce qu'elle se laisse porter dans ses bras.

C'était si bon et pendant qu'il était là-bas, elle était en sécurité.

Elle le voulait tellement, mais ensuite il y avait cette contrariété dans sa tête qui lui disait que c'était mal d'être là et de ressentir ce qu'elle ressentait.

Elle arrêta de l'embrasser et s'écarta.

"Non, arrête ça, Burt. Je ne peux pas m'impliquer, autant que je veux. Je dois y aller."

"Non, ne le fais pas! Écoute-moi!"

"Burt je dois y aller."

"Je ne te laisserai pas partir!" Il la fit rouler sur le lit et la plaqua contre son corps. Elle se résigna à lui, ses sentiments ne pouvant résister à sa force. «Je ne me soucie de rien d'autre, Bridget. Je t'aime!

Elle se pencha en arrière et le sentit ouvrir ses cuisses.

Son esprit était agité, pensant au désordre qu'elle avait créé, confondu avec toutes sortes de pensées et maintenant ses émotions dans le désarroi.

Puis il la poussa en lui, ouvrant son sexe et la remplissant de la dureté de sa queue.

L'impact de sa raideur la laissa essoufflée et elle leva les yeux vers lui, agrippant le lit fermement.

"Ne me blesse pas," murmura-t-il à voix haute.

«Je ne veux pas te blesser, chérie. Je ne veux pas te blesser. Je t'aime tellement que je ferais n'importe quoi pour toi.

Bridget reprit ses esprits et sentit sa tendresse.

Elle a commencé à se détendre.

Il embrassa son cou, caressa ses cheveux avec sa main et tout se sentit si sûr et si bon à nouveau.

Elle passa ses bras autour de lui et l'attrapa par les épaules alors qu'il commençait à entrer et sortir lentement et avec une totale affection.

Maintenant, elle l'avait et ne voulait pas que ça s'arrête.

"Je t'aime Burt," murmura-t-elle.

Bridget l'attira vers elle et sentit chaque poussée de sa dureté faire trembler son corps de désir.

Elle le sentit frissonner, puis un courant chaud en elle lui annonça qu'elle avait couru.

Il y eut un bref silence et il la regarda, caressant son visage.

"Désolé. Je n'ai pas pu m'en empêcher." Calvin s'est excusé et lui a souri.

"C'est bien."

"Vouliez-vous dire ce que vous avez dit? M'aimez-vous vraiment?"

"Je ne suis pas sûr."

Elle n'était pas sûre.

Quelle était la différence entre la luxure et le vrai amour?

Elle savait que ce qu'elle ressentait pour Calvin était une sorte de proximité et d'admiration pour lui.

Elle s'était souvent demandé ce que ce serait de lui faire l'amour, et d'une certaine manière ces mêmes sentiments s'appliquaient également à Léonard.

Mais ce n'était rien comparé à l'amour qu'elle avait éprouvé pour son père.

Il y avait non seulement de l'admiration, mais aussi le sentiment qu'elle faisait partie de lui et n'avait jamais voulu coucher avec lui, sauf dans son imagination la plus folle qu'il savait interdite.

Mais quelle était cette chose appelée l'amour, de toute façon?

"Vous pensez. A quoi pensez-vous?" Je demande.

"Amour. Je ne comprends toujours pas ce que c'est vraiment."

«Mais tu dois ressentir quelque chose, non?

"Oui. Mais ..."

"Quoi? Dites-moi ce que vous ressentez?"

"Je ne peux pas. Je ne sais pas comment l'expliquer."

Calvin s'assit sur le côté du lit et se brossa les cheveux avec sa main.

"Désolé Bridget. Je vous ai confondu, n'est-ce pas?"

"Que veux-tu dire?"

"Tout le temps que je t'ai imposé. Tu n'as jamais voulu m'aimer. C'était toi."

Bridget se pencha en arrière et réfléchit à ce qu'elle avait dit.

Burt était un homme incroyablement beau et il se rendit compte que dès le premier jour, il l'avait vu.

Ce qu'elle ressentait vraiment en ce moment n'était rien de plus que la luxure et le désir de l'avoir.

Quand ils se sont finalement rencontrés, les choses ont commencé à se sentir différentes pour elle.

Elle voulait seulement lui faire l'amour au plus profond de ses fantasmes, mais elle n'était vraiment pas prête pour ça.

"Je suppose que je ne t'ai jamais vraiment aimé dans ce cas," lui dit-elle. «Je te voulais juste. Ce que je ressentais n'était pas la même chose que ce que tu ressentais pour moi.

"Je le savais." Calvin se leva et la regarda. "Tu ne m'aimes pas".

"Ne pas." Bridget détourna la tête de son regard et attendit qu'il quitte la pièce en silence.

***

Jacky libéra son invité de ses poings et il tomba à genoux en déliant le masque.

Elle le vit secouer la tête quand il la regarda alors que la sueur coulait de son front et le chaume gris qui ornait son visage le rendait très attrayant d'une manière rugueuse.

«Espèce de salope,» murmura-t-il. Il y avait de l'angoisse dans son regard.

«J'adore quand un homme se met en colère. Es-tu en colère contre moi, Leonardo?

«Pourquoi fais-tu ça? Et qu'avez-vous fait à Bridget? Si vous lui faites du mal, je jure que je vais vous tuer.

"Ne t'inquiète pas, elle est en sécurité." Elle tendit la main, saisissant ses cheveux dans sa main et poussant sa tête contre son monticule pubien. Elle pouvait sentir son souffle respirer son odeur. "Est-ce que tu aimes ce Leonardo? Es-tu prêt à jouer avec moi?"

"Tu es fou, totalement fou. Avec ça, tu ne me conquériras pas."

«Alors peut-être que je devrais te torturer encore plus.

Leonardo commençait à reprendre des forces et retira sa main.

Il se leva lentement et la regarda.

«Dites-moi une chose. Qu'avez-vous fait de Bridget? Jacky le regarda et sourit. "Dîtes-moi!"

"Elle est bien vivante. Je l'ai laissée partir. En plus, elle n'était pas très amusante de toute façon. Je voulais que tu sois juste pour moi. Pouvoir t'avoir comme Jane t'avait une fois pour elle."

"Alors c'est de ça qu'il s'agit? Tu étais jaloux?"

"Elle avait tout."

«Et vous êtes-vous senti exclu? N'est-ce pas, Jacky?

"Peut-être."

Elle n'arrêtait pas de sourire, une certaine obsession dans ses yeux lui disant tout maintenant.

Tout ce jeu parlait d'envie et pas seulement d'une manière cruelle de se venger de la mort de sa sœur.

Il voulait l'attraper par le cou, les marques s'estompant sur son cou là où le fouet l'avait frappée quelques jours plus tôt, et l'étrangler.

Mais alors Leonardo s'est rendu compte qu'il n'était pas ce type d'homme.

Il avait besoin de plus que la torture qu'il avait endurée jusqu'à présent pour l'amener aussi loin.

«Jacky, tu dois arrêter ça maintenant. Termine et laisse-moi partir.

"Ne pas." Elle secoua la tête. «Joue avec moi. Fais ce que tu as fait avec Jane, fais-le seulement maintenant avec moi. Elle passe légèrement ses doigts sur sa poitrine, doigte doucement son téton. "Je veux que tu me fasses ressentir la douleur."

"Non. C'est du passé maintenant. Je n'ai jamais voulu faire ces choses de toute façon."

"Alors pourquoi as-tu fait ça?"

"Elle m'a fait faire ça. Et parce que je l'aimais, je l'ai fait."

"Que veux-tu dire?" Son sourire diminua, remplacé par un regard de curiosité, comme si ce qu'il avait dit n'avait aucun sens.

"Oui Jacky, je l'ai fait parce que je l'aimais."

"Ne pas!"

"C'est vrai. Tu vois, je ne peux pas te faire ça parce que je ne t'aime pas comme je l'ai fait avec ta sœur. Maintenant, qu'est-ce que tu vas faire?"

"Ne pas!" Jacky recula et le regarda, se répétant. "Vous ne blessez personne si vous l'aimez."

«Oui, tu le fais. Parce que le véritable amour est si fort, tu feras tout pour cette personne que tu aimes. Tu la blesseras même s'ils le veulent.

"Alors fais-moi mal parce que tu me détestes!"

"Non! Je sais pourquoi tu fais ça, Jacky. Parce que tu étais jaloux de Jane. Admets-le. Tu as appris à me détester parce que tu ne pouvais pas m'avoir comme elle l'a fait et puis tu as pensé que je l'ai tuée, alimentant cette haine que tu ressens encore maintenant."

Leonardo la prit dans ses bras et Jacky le regarda droit dans les yeux.

"Alors laisse-moi t'aimer comme elle l'a fait," demanda-t-il, presque un murmure alors que ses lèvres se rapprochaient des siennes.

"Non. Ce n'est pas possible. Je ne pourrai jamais t'aimer comme je l'aimais."

"Pourquoi pas?"

"Vous n'êtes pas la même personne qu'elle. Vous ne pourrez jamais remplacer Jane."

"Mais tu aimes Bridget. Pourquoi pas moi?" Jacky est parti. "Regarde-moi! Suis-je pas beau comme elle?"

"Si tu es belle." Leonardo toucha sa poitrine d'un poing fermé. "Mais je n'ai rien ici pour vous. Comprenez-vous cela?"

Leonardo remarqua que ses yeux se remplirent de larmes alors qu'elle le regardait.

12.

Jacky tomba à genoux et enroula ses bras autour des mollets de Leonardo, l'étreignant et implorant son pardon.

Ce fut un changement de comportement si soudain par rapport aux moments précédents que Leonardo fut choqué.

"Je vous en supplie, Leonardo, dites-moi que vous m'aimez, s'il vous plaît," cria-t-il. Elle leva la tête pour le regarder, les yeux vitreux de larmes. «J'ai besoin que tu m'aimes. Ressens le même amour que tu as donné à Jane.

Leonardo se pencha et la redressa, la prenant dans ses bras.

«Jacky, tu es déçu même après toutes ces années. Il faut du temps pour aimer quelqu'un. Tu es juste un étranger pour moi. Laisse-moi partir maintenant.

Thomas regarda le couple, réalisant des choses qu'il n'avait jamais remarquées auparavant sur sa maîtresse et son patron dans cette conversation dont il venait d'assister.

Les choses ont commencé à converger dans son esprit, rassemblant les faits et l'histoire de son amant comme un puzzle au fil des années où il la connaissait.

Elle était riche et quelque peu puissante, une femme d'affaires, et appréciait ses déviations sexuelles par rapport à la norme autant qu'il aimait en faire partie.

Pour Thomas, victime du nanisme, le sexe n'était pas une chose facile à réaliser dans le monde normal.

"Pars, Leonardo. Il est évident que j'ai perdu mon temps avec toi." Jacky s'écarta de lui. «Vous ne m'aimerez jamais comme vous avez aimé Jane. Il ne sert à rien d'essayer de vous faire m'aimer.

"Jacky, je comprends ce que vous essayez de faire. Mais les choses ne fonctionnent pas comme ça", expliqua Leonardo. «Je ne sais même pas si j'aime Bridget. Seul le temps me le dira.

Il tendit la main pour toucher son visage, mais elle le repoussa.

"Ne me touche pas. Laisse-moi tranquille."

«Alors dis-moi quelque chose, Jacky? Où est Bridget? Qu'est-ce que tu as fait d'elle?

***

Bobby Harris a fouillé les ruelles du vieux centre-ville, à travers les marchés qui vendaient des bibelots et des livres anciens sur des étals ouverts.

C'était un endroit qui attirait les cultes parmi les citoyens et les étudiants remplis de bars à vin qui s'adressaient à un monde qui échappait à la norme de la vie quotidienne.

Il a appelé un numéro sur son téléphone portable.

"Carl? Je suis ici mais je ne trouve pas l'endroit que je cherche, il y a tellement de petits magasins et de bars que c'est incroyable."

Pour être policier, il était anormalement perdu dans un quartier de la ville qu'il visitait rarement.

Carl lui donna plus d'instructions au téléphone, et avec cette aide, Bobby parcourut les nombreuses petites ruelles jusqu'à ce qu'il trouve enfin ce qu'il cherchait.

Situé entre deux boulangeries, sa cible a été retrouvée.

Miss Jacky Emporium of Sexual Delights.

Un petit magasin avec des images grandeur nature de Jacky elle-même posant dans diverses tenues en cuir et brandissant un fouet aux fenêtres, invitant les clients à entrer.

Bobby resta immobile un moment et sourit un moment en pensant à lui-même ce qu'il trouverait à l'intérieur.

Bien sûr, il savait à quoi s'attendre.

Il se considérait comme un homme du monde et un sex-shop de ce calibre ne serait pas différent des autres.

À l'intérieur, il y avait plus d'images grandeur nature et des découpes de Jacky placées entre des rangées d'étagères remplies de divers jouets sexuels et instruments de bondage.

Une musique douce jouait en arrière-plan et le magasin semblait vide de clients et même de personnel jusqu'à ce qu'il soit frappé à l'épaule par derrière tout en admirant les godes en verre.

"Puis-je vous aider Monsieur?" la voix appartenait à une personne qui semblait être des deux sexes en même temps.

Bobby s'est vite rendu compte qu'il était un homme, mais aussi très efféminé et habillé en femme, peut-être un travesti, et les seins étaient certainement assez réels, lui donnant l'impression que la personne pouvait être transsexuelle.

"Oui, pouvez-vous m'aider. Je cherchais juste en ce moment, mais je cherche des informations sur le propriétaire."

"Miss Jacky? Et quelles informations pourrait-elle rechercher?" La personne a demandé avec un sourire et montrant ses longues paupières argentées.

"Est-ce qu'elle visite l'établissement à un moment quelconque?" Bobby prit un gode sur l'étagère, un long pénis en caoutchouc noir qui mesurait au moins 14 pouces de long. "Dites-moi, est-ce que quelqu'un achète vraiment ces choses?"

"Oui à la première question et oui encore à la deuxième question."

"Combien de fois?"

"Est-ce que ce serait une extension de votre première ou deuxième question, monsieur?"

"Première."

L'employé parcourut l'île entre les étagères et Bobby le suivit.

Il s'arrêta devant une photo de Jacky vêtue d'un costume de chat en cuir rouge, ses cheveux blonds attachés d'une manière qui ressemblait à une fontaine dorée en cascade s'élevant du haut de sa tête et ses lèvres peintes en rouge foncé avec un l'oeil fermé en un clin d'œil espiègle.

"Excusez-moi! Est-ce le propriétaire, celui qui pose sur toutes les photos exposées?"

L'assistant se tourna pour répondre.

"Bien sûr. Seul le propriétaire apparaît dans toutes nos annonces ici."

«C'est une très belle dame. Elle a l'air très dominante dans toutes ces poses que je vois. Est-ce qu'elle, comment l'appellent-ils ... domi ...?

"Une dominatrice, oui."

"C'est le mot que je cherchais, merci."

"Puis-je vous poser une question maintenant?" demanda l'assistant.

"Bien sûr. Tant que je peux y répondre."

«Êtes-vous un policier?

"En fait, oui, je le suis. Mais ne vous inquiétez pas; je ne suis pas dans la brigade des mœurs ou quoi que ce soit du genre. Je suis juste quelques pistes d'enquête sur un incident particulier survenu il y a quelques jours."

"Et le propriétaire est-il impliqué dans cet incident?"

"Je ne suis pas encore sûr. De plus, je ne peux pas révéler trop d'informations comme vous le comprendrez."

Le préposé a continué à marcher jusqu'au comptoir du magasin et Bobby a suivi, étonné par les articles en solde autour de lui.

"Essayez ici ..." L'assistant lui tendit une carte de visite.

"Non! Je sais où elle habite. J'avais juste besoin de savoir si elle vient ici de temps en temps et à quelle fréquence. Et puis-je demander ce qu'il y a dans cette arrière-salle?"

"Ce n'est qu'une réserve et un donjon." L'assistante a répondu. «Elle lui rend visite si nécessaire.

"Vous avez dit un donjon. Quel genre de donjon?"

«Monsieur, je ne peux pas croire à quel point vous êtes naïf. Essayez-vous de jouer l'idiot?

"Non, je suis juste curieux, c'est tout." Répondit Bobby avec un sourire.

***

Carl a été appelé de son bureau à la réception du quartier général de la police.

L'agent d'accueil a expliqué qu'un homme venait de signaler une femme disparue du nom de Bridget Baldwin.

Carl regarda par-dessus l'épaule de l'officier et vit Leonardo qui attendait au comptoir.

Il avait l'air impoli et avait besoin de se raser après ses nombreuses heures de captivité et Carl est allé lui parler.

«Excusez-moi monsieur, avez-vous signalé une femme disparue?

"Oui, je m'appelle Leonardo Biscas, je suis très préoccupé par mon amie Bridget Baldwin. Elle devrait m'aider."

«Eh bien monsieur, en fait, nous vous cherchons.

"Ce n'est pas important. L'avez-vous déjà trouvée?"

"Oui, nous l'avons fait. Vous êtes sain et sauf pour autant que nous le sachions. Mais une tentative d'enquête d'assassinat est actuellement en cours sur vous-même. Voulez-vous venir avec moi à mon bureau? J'ai quelques questions à poser, s'il vous plaît." .

"Non! Je n'ai pas le temps pour ça, j'ai besoin de savoir où elle est."

"Eh bien monsieur ... Je ne peux pas vous le dire pour le moment avant de répondre à quelques questions."

Bobby Harris est entré dans la gare et a remarqué que son assistant parlait à Leonardo.

"D'accord, Carl, je peux m'occuper de M. Biscas."

Leonardo est allé voir l'inspecteur et lui a demandé de lui faire savoir où était Bridget.

Bobby le prit de côté hors de portée de voix.

"Je sais que vous jouez à des jeux vraiment bizarres." Bobby commença. "Un mannequin célèbre finit par être jeté dans une ruelle et une femme d'affaires a des habitudes très étranges. Et pour couronner le tout, nous recevons des messages de personnes inhabituelles nous disant que vous et un autre gars êtes en danger et que quelqu'un essaie de l'assassiner, tous les deux. "

«Je comprends cela, croyez-moi oui. Mais je dois trouver Miss Baldwin immédiatement.

"Elle est en sécurité. Je pense qu'elle est avec un certain M. Burt Calvin dans sa maison en ce moment."

"Non! Est-ce qu'ils l'ont laissée avec Calvin?" Leonardo a été surpris d'entendre cela. "Ils ne peuvent pas faire ça. Elle n'est pas en sécurité avec Calvin."

"Pourquoi pas?"

"Ils doivent y aller immédiatement et la faire sortir."

13.

Calvin rejoignit sa famille pour le petit déjeuner et regarda Bridget de l'autre côté de la table.

Elle savait ce qu'il ressentait, totalement rejeté et se détestant.

Les autres ne savaient rien de ce qui s'était passé ce matin-là.

Pour Bridget, c'était simple.

Elle ne l'aimait pas, comme il le voulait et l'attendait, et elle le lui expliqua.

Le téléphone portable de Calvin sonna, ce qui attira son attention en s'excusant et en se dirigeant vers la cuisine pour répondre à l'appel.

C'était Jacky, elle avait l'air affligée et en larmes.

"Qu'est-il arrivé?" Je demande.

"Je l'ai laissé partir", fut sa réponse qui fit soudainement surprendre et fâcher Calvin.

Il regarda de nouveau dans la salle à manger de Bridget, qui causait avec sa femme.

«Je devais le faire. Cela ne fonctionne pas, Burt.

"Ecoute, je t'ai fait confiance pour faire ça. Il ira à la police."

"Je m'en fiche plus, Burt, maintenant c'est à vous."

Jacky raccrocha et Calvin sentit que son monde s'était désintégré autour de lui.

Ses plans ne signifiaient plus rien.

Il contint sa colère et se calma avant d'entrer dans la salle à manger et de rencontrer tout le monde.

«Burt, est-ce que tout va bien? demanda sa femme.

"Oui chérie, pas de problème. C'était quelqu'un du bureau."

"Je suis prêt à partir bientôt." Bridget l'a informé.

"Bien sûr, je t'emmènerai à ton appartement si ça te va"

"Merci. Ce serait très gentil de votre part," répondit Bridget.

Calvin sourit et continua de manger comme si de rien n'était.

***

Calvin déposa la valise rose dans le coffre de sa voiture et attendit que Bridget quitte la maison.

Il en profita pour rappeler Jacky pendant qu'il attendait.

Elle a répondu presque immédiatement.

«Qu'as-tu dit à Leonardo? Ai-je besoin de savoir? Demanda Calvin.

"Je lui ai tout dit."

"Tu as fait quoi? Putain d'idiot! Tout ce que tu avais à faire était de le garder jusqu'à ce que l'affaire soit conclue. Maintenant tu nous as laissé dans la merde." Il remarqua que Bridget quittait la maison et marchait vers la voiture. "Je traiterai avec vous dès que j'aurai réglé ça!" Et raccrocha.

«Tu as l'air ennuyeux, Burt. Es-tu sûr que tout va bien? Demanda Bridget.

À présent, les choses étaient devenues mille fois pires qu'il ne l'avait réalisé auparavant.

Il ouvrit la portière de la voiture pour Bridget et la laissa entrer à côté de lui avant de se précipiter vers la sienne.

Elle pouvait dire qu'il était bouleversé par quelque chose.

"Tais-toi!" dit-il sèchement.

«Es-tu toujours en colère pour ce matin? Burt, tu dois l'accepter.

«Je t'ai dit de te taire, n'est-ce pas?

"Arrêtez la voiture! Je ne veux pas de votre aide."

Bridget pouvait sentir sa colère maintenant.

Ce n'était pas un aspect de lui avec lequel elle était familière et qu'elle pensait qu'il valait mieux laisser leur relation, ou ce qu'il en restait, avoir une fin complète sur-le-champ.

Mais Calvin l'ignora, conduisant comme un fou, entrant dans la circulation principale sur l'autoroute et entrant presque en collision avec d'autres véhicules.

«Tu as eu une chance, Bridget. Je t'ai donné une chance!

«Burt, de quoi tu parles? Elle l'a supplié.

"Maintenant c'est fini. Terminé! Comprends-tu?"

"Non! Je suis confus. Tu n'es pas obligé d'être comme ça parce que je ne t'aime pas."

"Si tu m'aimais, alors les choses pourraient être différentes."

"Différent? Qu'essayez-vous de dire Burt?"

"L'accord. Vous auriez pu en faire partie."

"De quelle affaire parlez-vous?"

Calvin a expliqué tout ce qu'il avait prévu avec Jacky depuis le début.

Le plan qui ressemblait à l'idée d'une femme folle était plus que cela.

C'était son idée.

Il voulait la mort de l'amour de Bridget et Leonardo pour pouvoir reprendre leur entreprise.

Un simple jeu d'élimination pour prendre le contrôle d'une société de publicité de plusieurs millions de dollars dont Calvin avait désespérément besoin.

«Alors tout ce que tu m'as dit était un mensonge? Demanda Bridget.

"Non, je ne vous ai simplement pas dit où tout allait bien."

"Alors, que comptez-vous faire maintenant?"

"Tu le verras bientôt," lui dit-il, son visage présentant maintenant une expression maléfique qu'il n'aurait jamais pu imaginer de Calvin. "J'ai fini. Et toi aussi."

Bridget fut soudain envahie par la peur.

Sa confusion s'est maintenant transformée en terreur lorsqu'elle a désespérément pensé à la façon de sortir de sa situation.

Il n'y avait aucun moyen de sortir physiquement.

Calvin conduisait toujours comme un maniaque, dépassant des véhicules sur son chemin à des vitesses supérieures à la limite.

"Où allons nous?" elle a demandé.

"Dans un endroit où je sais que je suis en sécurité pour le moment."

"Burt, ce n'est pas raisonnable. Pensez-y s'il vous plaît."

"Oui. J'ai l'intention de m'amuser un peu avec toi. J'ai déjà des ennuis. Et si tu ne m'aimes pas, eh bien ..."

"Quoi?"

"Tu vas le voir."

* * *

Leonardo était assis dans la salle d'interrogatoire du quartier général de la police.

Harris a essayé de mettre les choses en ordre, essayant de comprendre pourquoi Bridget serait en danger sous la protection de Burt Calvin.

Leonardo a expliqué tout ce qu'il savait sur son entreprise et l'accord qu'il avait conclu avec Calvin des années auparavant.

Un accord qui permettrait à Calvin d'avoir le contrôle total de son entreprise s'il démissionnait de son poste de président du conseil.

«Êtes-vous en train de dire que Calvin possède une partie de son entreprise? Demanda Harris.

"Oui. Il est devenu partenaire pendant un certain temps." Répondit Léonard.

"Et Jacky vous a dit que c'était un complot pour vous débarrasser de vous?"

«Oui, inspecteur, combien de fois dois-je vous expliquer cela? Et maintenant Miss Baldwin est en danger. Si Calvin le découvre, il lui fera quelque chose de fou, vous devez donc essayer de l'arrêter.

Harris se pencha en arrière sur sa chaise et prit une autre cigarette.

Peut-être que s'il ne pouvait en fumer qu'un, il pourrait au moins penser clairement à cet échec qui se déroule devant lui.

Il fouilla dans la poche de sa veste, en sortit un paquet de cigarettes et en alluma une pendant que Léonard le regardait.

«Pour l'amour du ciel, inspecteur, écoutez-vous tout ce que je dis?

Harris eut un sourire narquois, mais en même temps il réalisa le désespoir de Leonardo et quitta la pièce pour trouver son assistant Carl, qui était occupé à appuyer sur le clavier de l'ordinateur, à la recherche d'informations.

Harris est passé derrière lui et a regardé l'écran qui montrait une image de Thomas sur une photo de profil de la police.

"Qui est-ce?" Je demande.

"Ça, patron, c'est le mystérieux" Puissant ". Le gars qui nous a envoyé les courriels." Carl s'arrêta un moment, reniflant l'odeur piquante de la fumée de tabac, puis se retourna rapidement sur sa chaise. "Aïe! Je l'ai attrapé!"

"Ecoute, c'est mon premier aujourd'hui, je suis honnête. Alors parle-moi de ce type. Puissant?"

"Il est dans les années trente." Carl a répondu en retournant à l'ordinateur. "Six ans pour fraude".

"Comment c'est?" Demanda Harris.

"Il a travaillé pour une compagnie de cirque et a évité de payer des impôts pendant dix ans."

"D'accord, donc c'est le gars que Leonardo a dit qu'il travaillait pour Jacky en tant qu'assistant?"

«Oui, mais ce n'est pas tout, patron. Il a également été accusé d'abus sexuels dans le cirque pour avoir agressé un trapéziste.

"Est-ce vrai?"

"Oui. Il aime les grandes dames." Répondit Carl.

* * *

Calvin a fait descendre la voiture sur un chemin de terre qui les a conduits à une ferme abandonnée.

J'ai frappé les freins de la voiture au maximum, mais je n'ai pas pu m'empêcher d'entrer en collision avec un tracteur cassé à pleine force.

Bridget ouvrit la porte et commença à s'enfuir, mais Calvin était plus rapide qu'elle.

Courant aussi fort qu'il le pouvait, même s'il était désavantagé, Calvin lui attrapa le bras et la jeta au sol.

14.

Bridget sentit Calvin respirer fortement sur son cou alors qu'il se couchait sur elle, pressant son visage contre le sol boueux.

La chute lui avait coupé le souffle quand il l'avait renversée.

"Il est temps de s'amuser maintenant, Bridget. Les deux, chérie, juste toi et moi."

"Laisse-moi partir Burt. Ce n'est pas toi. Pense à ce que tu fais," le supplia-t-elle, sachant qu'il y avait une opportunité de l'attirer du côté amical qu'il connaissait autrefois.

"Oui. Tout est fini pour moi. Je n'ai rien à vivre pour le moment, mais à passer autant de temps que possible avec toi. Et j'en profiterai au maximum."

Il la tira sur ses pieds, tenant ses deux mains derrière son dos.

Un coup de pied au bon endroit lui donnerait au moins une chance de lui échapper à nouveau.

Mais Bridget a décidé de ne pas faire ça.

Elle était reconnaissante d'être au moins debout, de mieux regarder son environnement, peut-être d'abord planifier une issue de secours, un endroit pour se cacher de lui.

"Regardez-vous. Vous êtes en désordre, vous avez de la boue sur tous vos vêtements," dit-il, chuchotant presque à son oreille. "Voyons ce que nous pouvons faire à ce sujet. Il faudra l'enlever pour le nettoyer."

Il l'a accompagnée jusqu'à la grange abandonnée.

Bridget scruta attentivement les environs à mesure qu'ils avançaient.

La voiture, les arbres qui bordaient la cour et la route qui les y conduisait.

"Qu'est-ce que tu vas faire Burt?" elle a demandé. "Baise-moi jusqu'à ce qu'il ne reste plus de vie en moi?"

"Tu pourrais dire quelque chose comme ça, oui."

Elle sut à ce moment-là qu'il était devenu fou.

Sa personnalité avait changé car il n'y avait plus aucune issue pour lui.

C'était un homme qui ne pouvait pas abandonner pour perdre tout ce qu'il avait et qui a plutôt choisi de tout détruire, y compris elle, quelqu'un qu'il aimait.

La grange était sombre, à l'exception des faisceaux de lumière qui pénétraient par les trous du plafond.

Il y avait de la paille sur le sol et des balles fraîches à l'étage.

La puanteur de la paille pourrie frappa ses narines quand il prit une petite corde pour attacher ses poignets.

Puis il la poussa en une balle lisse et ouverte et commença à lui attacher les chevilles.

Le plan pour s'échapper avait changé maintenant.

Mais elle ne lui a pas résisté.

"Personne ne connaît cet endroit. Tout est à moi et à vous maintenant. Il y a de nombreux kilomètres d'ici à n'importe quel endroit habité", dit-il.

Il sortit le téléphone portable de la poche de sa veste et le jeta dans la grange, se brisant en morceaux contre une poutre en bois.

«Je ne pense pas que vous en aurez plus besoin.

Une autre chance de s'échapper et même de sauver avait disparu.

Elle le regarda alors qu'il ouvrait son chemisier rose, exposant ses seins recouverts de soutien-gorge.

Sa main attrapa doucement l'un de ses seins et la serra alors qu'il la regardait dans les yeux.

Pendant un bref instant, elle le regarda paraître calme jusqu'à ce qu'un mauvais sourire apparaisse sur son visage.

Un tiraillement sur le vêtement et il se glissa dans sa main forte, le cassant.

La tension agrippa ses épaules et cela lui fit mal, la faisant frissonner de douleur.

La peur qui la remplissait maintenant complètement lui fit perdre le contrôle de ses fonctions corporelles et elle s'énerva.

Elle s'est mise à pleurer et à trembler.

«Ne fais pas ça, Burt, s'il te plaît, ne continue pas ça.

"Tu n'aimes pas ça? Je pensais que c'était ce dans quoi Leonardo était impliqué?" dit-il en crachant ses mots sur son visage. «Vous aimez Leonardo, n'est-ce pas?

"C'est vrai, oui ... j'ai presque oublié," continua-t-il. «Vous l'avez laissé prendre votre virginité, n'est-ce pas? Sa main descendit et remonta sa jupe, touchant ses cuisses quand il trouva son aine. "Oui ... tu lui as donné quelque chose que j'ai toujours voulu. Quelque chose que je pensais que tu gardais juste pour moi."

"Burt ... ne le fais pas."

"Pourquoi devrais-je m'arrêter?"

Son doigt poussa douloureusement contre son sexe, se pressant contre la soie de sa culotte.

Bridget a continué à pleurer comme si son monde était terminé et il ne restait qu'un sentiment de désespoir.

Calvin la gifla durement au visage.

Elle s'arrêta sous le choc et le regarda.

"Tu n'es qu'une salope!"

Elle a remonté sa culotte jusqu'aux genoux, puis a sorti un couteau suisse de sa veste et a coupé les deux côtés de l'élastique, les jetant sur ses seins.

Bridget était en état de choc total et le regarda silencieusement alors qu'elle accrochait sa jupe et commençait à embrasser son nombril, puis commença à tirer la sangle de sa jarretière entre ses dents.

"Burt, ne me blesse pas. Je ferai ce que tu veux," lui dit-elle. "Nous pouvons nous enfuir ensemble, quelque part au loin pour que personne ne puisse nous trouver."

"Quoi?" Il leva la tête pour la regarder. "Il n'y a nulle part où aller, fille stupide. Pensez-vous que je vais tomber pour ce truc? Vous ferez ce que je veux, c'est vrai. Mais aller ensemble n'est pas une de ces choses."

"Et que...?"

"Tu le sauras très bientôt. Puisque je t'aime en ce moment et que rien d'autre n'a d'importance."

"J'ai besoin de nettoyer. Je ne suis pas dans ma meilleure apparence pour toi en ce moment."

"Bien sûr, bébé, je suis désolé. Pardonne-moi d'être si impatient."

Calvin se leva et la regarda.

Les vêtements éclaboussés de boue qu'elle portait lui avaient rappelé sa promesse et maintenant elle était sale, ayant besoin de prendre soin de sa propreté féminine, pour qu'il se sente mieux et peut-être plus sexuel avec lui.

Mais Bridget avait récupéré suffisamment de son esprit pour penser à nouveau à le tromper et à planifier une évasion de lui en utilisant ses faiblesses.

«J'ai besoin que tu me délies», dit-il.

"Non! Je vais vous laver moi-même." Répondu.

«Burt, s'il te plait, je t'en supplie. Laisse-moi prendre soin de moi. Je te promets que je ne m'enfuirai pas... je t'assure.

"Non, je ne peux pas te faire confiance, bébé, je suis désolé. Je vais chercher un seau d'eau et un chiffon."

"J'ai besoin de savon. Il y a quelque chose dans ma valise."

Il lui a dit de rester immobile et de ne pas bouger d'où elle était avant de quitter l'écurie.

Bridget attendit quelques minutes, puis se mit à genoux et s'assit enfin.

Elle pouvait le voir traverser la cour à travers un trou dans le mur alors qu'il se dirigeait vers la voiture, alors elle sauta plus près du mur pour garder un meilleur œil sur lui.

Il remarqua la poutre en bois qui traversait la porte pour la fermer de l'intérieur.

Il était droit et articulé.

Une poussée et il tomberait de sa place.

La porte serait verrouillée, au moins, et elle serait incapable de rentrer.

Alors encore, il a sauté là-bas avec ses poignets attachés derrière le dos à la poutre pour le retirer.

Il commença à bouger lentement et, heureusement, se mit en place, fermant la porte de la grange.

Calvin ouvrit la valise et entendit le bruit venant de la grange.

Il courut rapidement vers les portes et poussa contre elles.

"Salope! Qu'as-tu fait?"

Les portes étaient verrouillées et il a essayé d'utiliser ses épaules pour la forcer à s'ouvrir.

Après quelques fois, il s'arrêta et réalisa que ses efforts étaient vains.

"Bridget ... écoute-moi, chérie. Ce n'est pas bon. Ouvre les portes. S'il te plaît, ouvre les portes pour moi."

Bridget s'appuya contre le mur et écouta ses supplications.

C'était maintenant qu'il avait besoin de son téléphone portable, mais il était en morceaux, éparpillés sur le sol.

Quelque chose qu'elle avait brièvement oublié dans sa hâte et se mit désespérément à pleurer, glissant lentement le long du mur jusqu'au sol.

15.

Harris retourna dans la salle d'interrogatoire et déposa une tasse de café chaud sur la table pour Leonardo.

Il regarda l'inspecteur avec des yeux sombres.

«Eh bien, a-t-il vérifié si elle était avec lui?

«Mon assistant fait ça en ce moment. Mais avant tout, j'ai encore quelques questions à vous poser, ça ne vous dérange pas? Harris s'assit à table et ouvrit son carnet. «Écoutez, les choses ici sont déroutantes et tout ce que je vois là-dedans est un mélange de différentes personnes impliquées dans toutes sortes de choses et le problème clé semble être le sexe.

"Sexe?" Leonardo s'assit sur sa chaise et regarda Harris avec méfiance. "Que voulez-vous dire?" Il prit la tasse de café et goûta son contenu, grimaçant de son manque de saveur.

"Je n'aime pas toutes ces choses qui l'intéressent. Mais il semble qu'il y ait beaucoup de mystère ici et il m'est très difficile de le reconstituer. Il dit que Calvin essaie de reprendre son entreprise et que Mlle Baldwin envisageait la possibilité d'un meurtre avec Mlle Carrington et ... "

"Non, non, ce meurtre était un malentendu concernant Miss Baldwin. Oubliez tout cela."

"Mais la tentative de meurtre est un crime. Et vous étiez l'une des victimes possibles. Je dois enquêter là-dessus."

«L'important maintenant est de trouver Bridget. Elle ne se rend pas compte à quel point elle est dangereuse. J'ai découvert ce qui se passe. C'est une conspiration pour me tuer pour obtenir mon entreprise, qui était planifiée entre Calvin et Jacky. Tout a échoué à sa première tentative et maintenant son deuxième plan échoue également. "

"Deuxième plan? Maintenant tu me confond. Tu ferais mieux de l'expliquer."

"Mais le temps presse! Bridget est en danger, n'est-ce pas?" Leonardo frappa durement la table avec la paume de sa main et le café coula de la tasse. "Calvin va la tuer maintenant parce qu'elle a perdu tout ce qu'elle voulait vraiment."

"Ce que vous dites est: est-il un suicide? Et va-t-il emmener quelqu'un d'autre avec lui?"

"Exactement. Le garçon est dérangé, c'est un maniaque du contrôle, et il est en faillite. Sans mon entreprise, il n'a rien du tout et a brisé Jacky il y a longtemps, gardant ces pensées vivantes dans sa tête que j'ai tué Jane. C'est un manipulateur et Thomas m'a tout expliqué avant mon départ ce matin. "

« Thomas? C'est pourquoi il a envoyé ces courriels? Il essayait de nous donner des informations. Mais est-ce que je pensais que Calvin faisait ça pour Miss Baldwin? N'était-il pas censé l'aimer?

"Oui, il l'aime. Il l'aime à mort."

* * *

À l'extérieur de la grange, tout était silencieux.

Bridget se calma et écouta attentivement, glissant ses jambes dans ses bras pour que la corde soit attachée autour de ses poignets à l'avant plutôt qu'à l'arrière.

La corde se resserra, mordant sa peau, mais elle réussit à le faire.

Il regarda le nœud puis essaya d'utiliser ses dents pour le desserrer, mais sans succès.

« Bridget ...! La voix de Calvin résonna à travers une fissure dans les planches de bois sur le mur. « Pourquoi as-tu fermé la porte, bébé? Tu sais que c'est tout ce que nous avons. Ces derniers moments tendres ensemble. Pourquoi la gâcher? Ouvre la porte, s'il te plaît.

"C'est fou, Burt. Tu es tellement fou! Va-t'en et laisse-moi tranquille." Elle a essayé de localiser de laquelle des nombreuses fissures elle parlait. « Je ne sais pas pourquoi tu fais ça, mais tu ne t'en sortiras jamais.

«J'ai tout ce dont vous avez besoin pour nettoyer. Ne gâchez pas ça. Nous pouvons passer un bon moment ensemble. Je promets que je ne vous ferai pas de mal. Je n'ai jamais eu l'intention de vous blesser et je suis désolé d'avoir été si dur avant. S'il vous plaît, ouvrez la porte.

Bridget a fouillé la grange, ramassant les morceaux du téléphone portable cassé qu'elle pouvait trouver, mais il était irréparable.

Ses poignets ont commencé à saigner alors que la corde s'enfonçait fortement.

Puis elle réalisa qu'il s'éloignait de l'écurie en regardant à travers une fissure.

Il a ouvert le coffre de sa voiture et en a sorti ce qui semblait être une hache.

Son cœur battait encore plus vite à l'idée de ce qui allait suivre.

"Personne ne sait que nous sommes ici chérie!" le cri. "Ce n'est pas comme ça que je l'ai prévu et vous me faites utiliser une force inutile." Il se dirigea vers l'écurie avec la hache posée sur son épaule. «Je ne suis pas content, Bridget. En fait, je suis vraiment en colère contre toi maintenant.

Calvin frappa à la porte de la grange avec sa hache et jeta des copeaux de bois à l'intérieur.

Ce coup a produit un espace assez grand pour qu'il entre.

Il la regarda en haussant les épaules contre le mur.

Elle tremblait de peur et secouait la tête alors qu'il se dirigeait vers elle.

«Non, Burt, veuillez me prier de ne pas me blesser.

Il attrapa ses cheveux doux dans sa main, les tordit fermement, puis la mit à genoux.

La douleur était trop forte pour elle, en plus de l'angoisse qu'elle ressentait déjà, et Bridget est passée de la conscience à un rêve traumatique.

Il la relâcha et son corps mou tomba sur ses pieds.

«Bridget?

Il s'agenouilla à côté d'elle et sentit son pouls sur son cou.

Elle était vivante et avec quelques remords, il la prit dans ses bras et la serra fort contre lui.

"Chérie, je suis vraiment désolé. Tu m'as rendu fou."

Il chuchota près de son oreille.

Sa main toucha doucement ses seins exposés.

«Je ne te ferais jamais de mal, je ne sais même pas ce que je fais. Je le jure.

Lentement, il desserra la corde autour de ses poignets, puis la tira en arrière, la posant sur un tas de paille.

Ses doigts suivirent la ligne de son visage et elle ouvrit les yeux et le regarda.

"Parce que?" elle a demandé doucement.

Il lui sourit en réponse.

"Si je pouvais, je m'enfuirais avec toi et me cacherais de ce désordre dans lequel je suis. Mais, tu ne m'aimes vraiment pas, n'est-ce pas? Toutes ces années, je t'ai aimé et j'ai essayé de te le faire comprendre. Tu es entré en moi la tête et je ne peux pas vous sortir de là. Tout ce que j'ai fait était d'être avec vous. "

Bridget était au-delà de la capacité de raisonner.

Son esprit était sous le choc, essayant désespérément de comprendre ce qui lui arrivait.

Mais elle a entendu ce qu'il lui a dit et elle a tendu la main et a touché son visage.

"Je ne peux pas être forcé d'aimer, personne ne le peut. Laisse-moi partir, Burt. Si tu m'aimes tellement, alors laisse-moi partir."

Ses yeux se fermèrent à nouveau alors qu'il retombait dans un état d'inconscience.

Calvin se leva et la regarda allongée sur le sol, ce qu'il lui avait fait.

À ce moment-là, il savait que ce qu'il essayait de faire était très mal et il était vraiment désolé.

Il était inutile de faire ce qu'il avait fait et maintenant, le seul moyen était d'assumer la responsabilité de ses actes.

Il a jeté la hache par terre et a quitté la grange pour la voiture.

* * *

Carl est retourné au poste de police et a appelé son patron.

"Personne ne sait où il est ou aurait pu aller. J'ai demandé à sa famille et la seule chose qu'ils savent tous, c'est qu'il est allé travailler ce matin. Sa secrétaire a dit qu'il n'avait pas de rendez-vous non plus."

"Bon travail. Je pense que nous devons parler à Thomas de toute urgence." Harris a répondu. «Allez chez Carrington et trouvez-le rapidement. Je pense que nous pourrions devoir faire face à un désastre si vous ne le faites pas. Trouvez-le.

* * *

Calvin s'est assis dans sa voiture et a regardé dans la grange avant d'ouvrir la boîte à gants.

Il tendit la main et sortit une arme à feu, vérifia que les balles étaient en place, puis la tint dans sa main comme pour l'admirer.

"Je savais que tu serais utile un jour." Se dit-il.

16.

Bridget ouvrit les yeux et ce qui semblait être quelques secondes d'inconscience l'avait amenée dans un endroit d'obscurité totale.

Il faisait déjà nuit et l'air froid la fit frissonner alors qu'elle était étendue entourée par la paille humide.

La dernière chose qu'elle vit fut Calvin la regardant, le son de sa voix demandant pardon, et maintenant tout autour de lui était silencieux.

Au loin, le bruit d'un hélicoptère en vol rompit ce silence et elle se leva lentement, tenant les vêtements déchirés autour d'elle pour la chaleur et le confort et pour protéger sa nudité.

Maintenant, tout ce qui s'était passé ce jour-là lui revenait et le froid qui la parcourait se transforma à nouveau en un sentiment de peur.

Se cachait-il, attendant de lui sauter dessus depuis l'obscurité de la grange?

Où était?

Sa tête se remplissait de questions et le bruit de l'hélicoptère devenait plus fort à l'extérieur.

Un faisceau de lumière illumina l'extérieur du lieu puis balaya la grange.

Bridget ouvrit la porte et se dirigea vers le dirigeable.

L'hélicoptère a cherché jusqu'à ce qu'il atteigne son faisceau.

L'éclat de sa lumière lui fit protéger ses yeux de lui et les vêtements déchirés s'ouvrirent avec l'air produit par les hélices, l'exposant au regard évident du pilote et de son partenaire.

"Charlie sept et neuf, je pense que nous en avons trouvé un." Le compagnon a rapporté par sa radio. "C'est la femme, mais il n'y a aucun signe de l'autre cible."

"D'accord, dis-lui de rester où elle est." Le pilote a été informé.

"C'est la police! Ne vous inquiétez pas et ne bougez pas!" la voix du compagnon résonnait à travers un haut-parleur au-dessus du bruit des moteurs de l'hélicoptère.

Bridget se figea, les regardant, protégeant ses yeux de la seule source de lumière disponible.

"Un officier en uniforme arrivera avec vous dès que possible."

Et dès que le compagnon a dit cela, la sirène grandissante d'une voiture de patrouille a commencé à se faire entendre au loin.

Et l'endroit a pris vie, une patrouille après l'autre a commencé à apparaître de nulle part.

***

Bridget était enveloppée dans une couverture, reprenant toujours ses esprits et aidée par un officier à l'arrière d'une des voitures.

"D'accord, Miss Baldwin, vous êtes en sécurité maintenant."

La voix douce et calme lui parla au milieu d'une confusion d'autres voix radio et de celles d'autres officiers conversant sur les lieux.

"Êtes-vous blessé ? Ressentez-vous de la douleur ?"

Bridget secoua la tête en réponse et tint la couverture la plus solide autour d'elle.

«Où est Burt ? elle a demandé, presque chuchotant.

Il n'a reçu aucune réponse avant d'entendre les paroles d'un autre notateur:

"Nous l'avons trouvé. Il est dans la voiture, mort. Il ressemble à un suicide. Il a une arme à la main."

Bridget le dévisagea.

Ses yeux étaient vides de sens alors que les mots entraient dans son esprit.

"Il est mort".

Il n'arrêtait pas de répéter les mots dans son esprit encore et encore jusqu'à ce qu'il commence à les comprendre, prenant un sens plus fort à chaque respiration qu'il prenait jusqu'à ce qu'il crie:

"Noooo!"

***

La douce musique apaisante de Beethoven jouait en arrière-plan.

Bridget était allongée les yeux fermés et souriait, évoquant ses pensées vers une salle de concert et regardant son père diriger l'orchestre se réaliser dans son esprit.

Elle sourit, se sentant contente et heureuse.

La sensation d'un baiser chaud suivi du doux frottement d'une langue sur son mamelon a envoyé des sensations agréables à travers sa colonne vertébrale.

Son sourire s'élargit alors qu'elle se cambrait en baisers plus profonds.

La sensation de froid suivit de baisers et de caresses plus chaleureux, de douces morsures qui firent étendre ses mains et toucher la peau douce du bout de ses doigts.

Passant ses doigts sur ses épaules, et l'explorant davantage, elle capta son odeur et sentit la douceur de ses cheveux alors qu'il se déplaçait, son corps chaud et réconfortant près du sien.

Ses yeux s'écarquillèrent pour rencontrer ses yeux marron foncé qui la fixaient.

Puis leurs lèvres se séparèrent et le baiser devint plus passionné à chaque seconde qui passait.

Bridget était en sécurité et tout ce qui s'était passé était maintenant chose du passé.

Ce qui a commencé au restaurant il y a quelques nuits, lors de leur première rencontre, pourrait continuer comme prévu, sans que le destin ne puisse l'interdire davantage.

Elle était tombée amoureuse de lui il y a longtemps de loin et son amour pour elle a commencé alors qu'ils mangeaient et bavardaient pour la première fois sur la table du restaurant.

Leurs lèvres s'entrouvrirent.

"Tu es la plus belle créature que j'aie jamais vue. Personne ne peut te comparer à celles que j'ai aimées auparavant."

«Pas même Jane ou Jacky? Demanda Bridget avec moquerie.

"Eh bien peut-être ..."

Elle posa un doigt sur ses lèvres pour le faire taire.

«Fais très attention à ce que tu dis, Leonardo. J'aime ce que je viens d'entendre et je ne veux rien entendre d'autre.

"Alors oui, je voulais dire ce que j'ai dit."

"Tu es sûr?"

"Absolument."

"Alors fais-moi l'amour comme on ne l'a jamais fait auparavant."

«Est-ce un ordre, madame?

"Ah! Ce n'est pas un ordre, Léonard. Plus jamais d'ordres ou d'ordres secrets, souviens-toi que je ne suis pas comme ça."

"Alors je te ferai l'amour parce que je le veux." Elle a répondu avec un sourire qui la faisait picoter, un sourire qui la remplissait de plaisir, un sourire qu'elle aimait parce qu'il appartenait à l'homme qu'elle aimait tant.

La musique continuait à jouer et une douce brise soufflait à travers la fenêtre ouverte qui donnait sur le crépuscule du soir à Florence.

Léonard l'avait invitée chez lui.

Cela leur a donné à tous les deux une chance de réparer leur relation et d'essayer d'oublier les événements récents qui ont eu lieu dans leur vie.

Ils ont passé trois longues semaines ensemble.

Et à ce moment-là, Bridget est tombée amoureuse non seulement de Leonardo, mais aussi de son pays natal.

À chaque occasion, ils ont fait l'amour et ont parlé d'une nouvelle facette de la carrière de Bridget pour continuer en tant qu'actrice dans la publicité.

Mais il y avait encore des choses qu'elle devait faire et une personne qu'elle avait besoin de voir pendant qu'elle était là pour se débarrasser d'un démon qui la hantait depuis la mort prématurée de son père.

***

Ángel vivait seul dans son vaste appartement, un appartement que Léonard avait partagé avec lui.

Elle les avait invités tous les deux à dîner et quand elle arriva, quand Bridget étreignit à nouveau Angel après un long moment de haine envers lui, elle se sentit étrange.

Il avait l'air plus âgé, ses cheveux semblaient beaucoup plus gris qu'avant, et il était également évident qu'il souffrait d'une maladie dont on ne lui avait pas parlé.

Tous les trois s'assirent autour d'une table, partageant leur nourriture.

Michel-Ange semblait plus converser avec Leonardo qu'avec Angel, mais il fallait s'y attendre.

Et elle écoutait leur conversation, ce qu'elle pouvait quand ils parlaient en anglais et non en italien, concentrée, avant tout, sur les moments que les deux avaient passés ensemble pendant tant d'années en amis.

Bridget sirota le vin rouge sucré de son verre, tandis que Léonard le lui demandait.

« Quand avez-vous découvert votre maladie ?

Bridget attendit qu'Angel réponde.

Mais cela n'est pas venu aussi vite qu'elle l'avait prévu.

Au lieu de cela, Angel tendit la main et plaça sa main sur la sienne, la serrant fermement, mais doucement.

« S'ils m'accusent de forcer votre père à mettre fin à sa vie, alors Dieu vous aura accordé un souhait. a commencé à expliquer. Bridget le regarda avec un léger désespoir dans son expression. "Mais je vais quitter cette vie mortelle plus tôt que prévu."

"Ne pas..."

"Silence ... Cela n'a pas d'importance, ma chère. J'ai fait beaucoup de choses perverses à d'autres personnes dans le passé. Ce que j'ai fait à ton père était cruel, menaçant de détruire sa carrière de grand chef d'orchestre. Tu as parfaitement le droit d'avoir détesté. Je n'aurais jamais imaginé qu'il prendrait la sortie qu'il a prise pour éviter l'humiliation comme il l'a fait. J'aurais dû y penser davantage et peut-être qu'il avait raison quand il m'a dit que j'avais suffisamment changé ma composition pour revendiquer, au moins une partie, comme son propre travail. "

Sur ce, Bridget jeta ses bras autour d'Angel et le serra dans ses bras.

L'homme qu'elle voulait tellement mourir par vengeance allait mourir de toute façon et ses paroles étaient au moins celles qu'elle avait voulu entendre depuis de nombreuses années.

«J'aurais dû te dire ce que je viens de dire il y a de nombreuses années. Je t'ai fait vivre avec la haine, et la haine ne s'estompe pas toujours avec le temps, et elle peut aussi grandir à l'intérieur, comme elle l'a fait en toi, chérie.

"Je te pardonne," dit-elle, se séparant doucement de lui et permettant aux larmes de couler de ses yeux. "Je l'aimais tellement. Il était tout pour moi."

"Oui, je le réalise. Quand tu blesses autant quelqu'un, tu blesses aussi ceux qui l'aiment. Savoir que tu vas mourir te fait réfléchir sur ce que tu as accompli et aussi échoué dans la vie. Et je n'ai pas compris ton père Je ne lui ai même pas laissé une chance de s'expliquer. "

* * *

Plus tard dans la nuit, Bridget et Leonardo se sont promenés dans les rues animées de Florence, absorbant l'atmosphère de son histoire et son charisme moderne.

Ils se tenaient la main et marchaient en silence alors qu'ils réfléchissaient à Angel et à ce qu'il devait affronter très bientôt.

"Vous sentez-vous plus calme maintenant que vous lui avez enfin parlé ?" Demanda Leonardo.

"Oui. Et je me sens également mal à propos de ce que j'ai essayé de faire."

«Donc, tout est maintenant réglé. Il a abandonné les accusations de tentative de meurtre et maintenant vous lui avez pardonné. Je pense que cela le fait se sentir beaucoup mieux d'après ce que nous avons vu ce soir.

«Et vous, Leonardo? Avez-vous l'intention d'abandonner les charges contre Jacky aussi?

Il lui sourit, lui baisa la main et dit:

"Bridget, il y a quelque chose que vous devriez savoir. Une conversation avec l'inspecteur Harris que j'ai eue récemment." Bridget le regarda profondément dans les yeux, la traînée de larmes toujours présente dans les siens. "Si des accusations avaient été déposées pour tout cela, alors cela aurait été très difficile à prouver. Toi et moi avons jeté les preuves ce matin-là dans la rivière. Et tu n'étais pas obligé d'écrire des aveux."

«Et la confession de Jacky?

«Votre confession ne vaut rien maintenant», répondit-il. Complètement inutile.

"Comment c'est?"

"Parce que, avec ce que j'ai dit à la police, je l'ai juste rendue folle. Ses aveux sont juste le produit de son imagination débordante. C'est fini. Et elle n'a pas été arrêtée de sa part dans tout ça, du moins pas encore. "

"Tu ne penses pas que c'est dangereux?"

"Non, pas du tout. Cela nous convient tous les deux d'être déclarés mentalement instables. Au moins, elle n'essaiera pas de jouer à nouveau sur nous. Et il y a plus que ça."

"Rien d'autre?"

"Oui. J'ai réussi à obtenir deux autres contrats pour mon empire en pleine croissance. Calvin et le sien. Donc les chasseurs sont devenus la proie à la fin."

Bridget relâcha son étreinte et le regarda sévèrement.

Il haussa les épaules et lui demanda.

"Quoi?"

FIN

149